可以在路上

on the way

王可以 - 著

天津出版传媒集团
百花文艺出版社

图书在版编目（CIP）数据

可以在路上 / 王可以著. -- 天津：百花文艺出版社, 2018.8

ISBN 978-7-5306-7522-9

Ⅰ. ①可… Ⅱ. ①王… Ⅲ. ①长篇小说-中国-当代
Ⅳ. ①I247.5

中国版本图书馆CIP数据核字(2018)第179779号

选题策划：唐嵩　　**装帧设计：**郭亚红
责任编辑：唐嵩　李楠

出版人：张纪欣
出版发行：百花文艺出版社
地址：天津市和平区西康路 35 号　**邮编：**300051
电话传真：+86-22-23332651（发行部）
+86-22-23332656（总编室）
+86-22-23332478（邮购部）
主页：http://www.baihuawenyi.com
印刷：北京印匠彩色印刷有限公司
开本：787×1092 毫米　1/32
字数：190 千字
印张：10.25
版次：2018 年 8 月第 1 版
印次：2018 年 8 月第 1 次印刷
定价：49.80元

如有印装质量问题，请与北京印匠彩色印刷有限公司联系调换
地址：北京市顺义区高丽营镇
电话：(010)69491689
邮编：101399

第一章

下午在健身房,王可以阿姨又被小鲜肉撩了。

健身的好处是:一周变精神,二十年能驻颜。所以,大多数女人过了四十,开始无奈地追求风韵犹存,王可以却跟刚参加工作的时候没啥两样。准确地说,是年龄看上去没两样,但体型尤其是臀部,变魔鬼了。

她原先不喜欢运动,总被老妈嫌弃屁股瘪。结果被嫌弃到没自尊了,就试试看地报了个班。头一个月肌肉酸疼,每次锻炼都想去死,但挺过三个月后,就欲罢不能,于是成了习惯。

二十年后照起镜子,心里就剩一句话:老妈牛×!

王可以是在练蹲起的时候发现小鲜肉的,通过镜子——这家伙的目光好像很舍不得离开她的蜜桃臀。作为一个过来人,之后会发生什么她都不用过脑。

果然，有趣的小情节开始了：小鲜肉先是假装要换套器械练，荡荡悠悠经过，“顺便”给她做了几个助力——他一定策划蛮久了，掐在自己最后几个负重的时机过来，好显得比较自然。

然后就该搭讪了，王可以如是想着：这么有小心机，阿姨就静静地看你耍咯。

结果，就搭讪了。

先是聊些相关健身的话题，以共同爱好切入容易拉近距离嘛；距离拉近，聊天内容就扩展了；内容扩展，套出些个人信息用来投其所好，就很容易了……对方显然把她当同龄人了，王可以暗爽得不行，但觉得泡小妹的套路节奏太慢，于是，就给他来个必杀技，直接趴到软垫上做后抬腿了。

后抬腿的必杀效力：就是不断让臀大肌耸起来又圆下去，只要有本钱，异性同性都得挂鼻血。所以两组下来翻个冒着油汗珠的身子休息，原本自以为套路老到的小鲜肉已经目光游离、语境混乱了——这个样子倒是蛮好看的。小鲜肉长得白白净净，紧身裤外头还套着条短裤，不像那些老炮，愿意展示鼓囊囊的裆部。

所以，王可以有点儿喜欢。

虽然就是探职业、问偏好，最后肯定求加微信，没什么悬念，但仍旧愿意看他多耍一会儿。不过看着看着，思绪就开始飞了，越飞越远，最后，脑海里好像就那么几个字在来回反复：上床、上床、上床……

于是，王可以提醒自己该收了，再不收就复杂了。

于是，就收了，正好在小鲜肉求加微信的时候。

小鲜肉扫一扫后，求通过的微信便来了，但王可以没加他，笑嘻嘻地说："我儿子比你小不了几岁，能玩儿到一起，到时候我把你微信推送给他。"

结果，小鲜肉就瞠目结舌傻在那儿了，尴尬、错愕、惊悚混合成一脸呆萌。

在一边儿看戏的健身房老板哈哈大笑，他是王可以的朋友，这种情节目睹过很多回了，开心换健康啊。

调戏成功！王可以臀部颠颠儿地跑了……

王可以心情这叫一个愉悦，一路超车回了公司，一路跟职员们打着招呼，连长相最不能见人的文档管理员陈圆圆都觉得顺眼了很多，脱口一声"美女辛苦"，把对方感动得眼泪都快飙出来了。

进总裁办公室，给自己泡一杯茉莉花茶，再放段小情调的音乐。

小裴经理推门进来了："哟，一脸淫荡，又被帅哥撩了？”

小裴是一路跟过来的身边人，说话没大没小。

王可以当然也没个架子：“唉……帅是够帅，就是太嫩，心理有负担啊。”

“这个嫩、那个老，关注下身边潇洒的我呗，”小裴没皮没脸，“给个傍老板的机会，让我少奋斗十年。”

贫归贫，正事儿还是有的，设计部出了一批样衣，得去看看。

“开你车开我车？”

“当然是我伺候您咯，娘娘。”

“起驾。”王可以说着就抓过手机要往包里放，偏这个时候，手机响了。

手机那头是高敏，哭唧唧地：“可以……可不可以来看看我，这次我下决心了，我真的自杀嘤嘤嘤嘤……”

高敏，这个女人界的妖孽，妖孽界的奇葩！

高敏是王可以的闺蜜，老公叫董建，现在是银行行长。

高敏的姐姐——高灵，跟董建既是朋友又是同事。

十年前，一次有很多领导、需要很装很装的聚会，她把高敏给带过去了。

据高灵回忆录记载：当时，高敏第73次失恋，需要散心；结果，一散心，高敏对董建一见钟情了；后来，高灵就主动调了工作，和董建不再做朋友了。

高灵和董建不再做朋友，是因为实在没脸见了，原因如下：

妹妹高敏，明知董建有个异地女友，却毫不避讳、接二连三勾引对方，死了也要爱的节奏。最后，借其实不是生日的生日聚会，在 KTV 包厢里灌醉董建。然后，假装自己也喝醉，让心照不宣的几个损友给他们在隔壁酒店开了个房间，双双送进去之后……你懂的。

在床照以及火候恰到好处的一次割腕要挟后，董建成了她老公。

从 KTV 到结婚，历时三个月。

当然，婚礼高灵没有参加。

霸占成功，按道理该踏实了吧？偏不。

一年后就开始折腾了：三天一小吵，五天一大闹，持续到现在，经久不衰。起初以为是种不出孩子的焦虑，后来发现，她纯粹就是疑神疑鬼的折腾狂，不酣畅淋漓不痛快，死了也要闹！

说实在的，高敏号称“自杀”的剧情，平均一个月上演一回，王可以应该历尽沧海桑田见怪不怪淡定到麻木的，可是……

“万一这次是真的呢？”王可以这么想。

所以，电话那头第二次追问可不可以去看她时，王可以憋了半天，无奈地说：“可以……”

诲人不倦，最后，使出必杀技：老董的钱都交家里，这能证明一切！

这样，高敏就开心了，找出个橡胶棒棒进卧室不知干了些啥，再出来的时候，已经容光焕发了，整个过程与之前的无数次一样，不到四十分钟。

于是，在进门后四十分钟的点时，董建很有经验地给王可以打来电话：

“行了么？”

“行了。”

“晚上一起吃饭吧。”

六点钟，跟高敏到饭店，推开包间门，王可以发现董建身边还坐着一个男人。

这个男人是一家知名律师事务所的律师兼合伙人，今天跟董建一起开会，听说董建要请一个叫王可以的女人吃饭，就跟来了，而且还说好了他买单——这，就有点尴尬了。

董建：“我来介绍一下。”

王可以：“不用了，认识的。”

他叫魏强，半年前小学同学会上相遇，原来是同桌，于是互留了电话号码。

之后，魏强隔三岔五地约王可以，一会儿吃饭一会儿喝茶的。对于有妇之夫的单独邀约，是要小心的，所以，王可以说不出不可以，但可以找理由躲。躲的次数多了，慢慢也就没再有联系了——类似情节王可以遭遇过很多，无非就是被个半老徐娘内心、年轻姑娘外观的异类荡漾了一下春心而已，所以，对这个魏强，现在差不多都忘记了。

没想到，在这里撞上了，结果这顿饭吃得礼貌又无趣。

更没想到，高敏却因为混喝白酒啤酒亢奋了，饭局结束还意犹未尽。

最最没想到的是，平时很有眼力价的董建，今天却不知道是不是因为喝多，神经搭错了："可以，去你家接着喝吧，那瓶82年拉菲可以贡献出来了吧？"

董建难得这么嗨过，所以王可以只能说："可以……"

第三章

四个人，三个说笑，一个在应付。

到了楼下，冷不丁从门洞里窜出一男人来，满身酒气，还混合着一两月没换衣服的味道，两手还停不下来地在哆嗦。

“我去……”王可以脑袋一阵嗡响，这男人叫吴天昊，是她前夫！

现在，这个前夫很无耻：“可以……我没钱了，可不可以再借我两万。”

所以，王可以很想去死，太尴尬了，尤其还有个半生不熟的魏强在场。

结果，高敏扑出去了：“你个讨债鬼！要不要脸要不要脸！滚！滚！再不滚我就报警啦！”

于是，前夫滚了。

这个意外遭遇，让王可以的心情很坏。

当然，凡事有两面，那仨也没了心情再上家里喝酒，这个夜晚，可以到此安静了。

王可以怀疑自己今晚会失眠，谁想进了家门就开始昏沉，往床上一倒，没几分钟就着了，而且睡眠质量超好，整夜无梦，也没起过尿，睁眼就是天亮。

吃完自己做的早点之后，王可以往前夫的卡里转了两万块钱……

前夫——吴天昊，曾经有很长一段光阴，是作为天才存在于这个世界上的。

传说，小学时他每天上课都在冷笑，老师们被笑到发毛，就挑战，结果，就开始怀疑自己的教学资格，严重的怀疑人生；初中进校时，他就掌握了全三年的课程，于是初一下学期，各科教师为了自身健康，联名推荐他直接跳进高中，于是，跟王可以一个班，所以比王可以小三岁。

其实高中，吴天昊也是可以跳级的，但他不愿意了，因为年龄差距太大，同学里已经只有人打他、没有他打人了，再高年级不敢想象……

就这样，王可以得以被“临幸”，与他同班三年。

一开始，王可以就是觉得他蛮好玩儿的，还没发育的小身体，却一副谁谁都看不起的样子，不挨打都不正常，直到有次春游。

王可以正靠着树，坐在草坪上听班主任老师谈人生。结果，这家伙莫名其妙就走过来，大脑袋往她腿上一枕，“呼呼”就睡了，就好像一只小狗，本能地选择一个绝不会伤害它的人依偎。就在那一瞬间，王可以忽然体会到了发育的妙处，那种让毛孔有些发胀、又有点想哭的感觉。她忽然相信，自己是个女人了。

之后，王可以就变成了唯他专属的姐姐，顺理成章认为自己要照顾他，自觉自愿为他干他所有不愿意但又必须得干的事，比如：系鞋带。然后，一切成了习惯。而吴天昊，认为这一切理所应当，甚至都没意识到自己因此成为了很多男生的眼中钉。好在王可以的大伯是校长，否则，他必然会是一天被一顿打的节奏——这就是他发育晚，存在的问题。

就这样三年，王可以期待过、幻想过乃至自我批判过的琼瑶类情节，跟他一次都没发生过。高考前蓦然回首，自己居然就没谈过一场恋爱。虽然，当时屁股有点扁，但作为一个长相还不错的女生，这很没面。随后，她意识到：自己很快就要跟这个小孽畜各奔东西了。

意识到这个，王可以也就淡然了，想想生命中有过这么一段记忆也算不错。果然，高考发榜，她三本线，他高过清华线 7 分，录取和分别，都毫无悬念。

之后，王可以到奶奶家过了个暑假。

暑假结束，王可以去服装学院报到，却没想到，那家伙居然啃着面包在校门口等她，见到她，很委屈地埋怨她没教会自己系鞋带！

王可以这才得知，他居然炒了清华鱿鱼，上了本地的工学院！

顶级一本换三本，这也太荒唐了！作为专属姐姐，王可以想打他了，但知道原因后，王可以只愣了三秒，就被彻底融化了。

他说："我干吗要去那里，你又没在。"

这个……小孽畜。

然后，才算真正意义上交往了吧：本科，毕业后她工作，他念硕士，他们同居。硕士毕业，他刚好二十二岁，迫不及待结婚生了孩子。然后，他念博士。导师们都觉得他会一直拿到博士后，谁想过了一年他却不干了，他跟王可以说："我不要你养我。"

他长大了。王可以猛然意识到了这点，按说该是欣慰，但心里却反倒有些慌张，好像一个忽然被儿子拒绝一起洗澡的母亲，害怕不被需要……

好在吴天昊根本不想出去上班，依旧要她叠被、吃她做的饭，抱着台笔记本电脑忙活了大半年后，他告诉王可以："我搞了一套算法，可以预演股票的涨跌。"

之后吴天昊成了几个股民圈儿的明星，逢买必涨、逢抛必跌，赚钱速度很快。

王可以对股票态度保守，劝他赚到利润就撤本金，不听；扇阴风点鬼火说别忘了牛市环境，胜率本来就超过50%，听了，花三天修改了算法……王可以最后也只好不管，反正他本金不多，赚了很多，加之承包红光厂也实在太忙，就忽视了。却没想到，吴天昊的算法再强，也算不到国家忽然来了个四万亿。结果，股票指数从5600"哗啦啦"跌到1900。这个过程王可以紧张坏了，三天两头问情况，吴天昊都说没事，还以为真没事儿呢。结果，某一天，半点征兆没有，他人间蒸发了……

直到债主上门，王可以才知道，他已经集资很多人的很多钱做操盘手很久了。结果，一损俱损，债主们找不到他，就找他老婆。

于是，王可以很悲壮地卖了房子还了债，想想这样，他就能回来了吧。

结果，等了两年，收到一封离婚协议！

结果，在闺蜜高敏的义愤填膺、老妈的以死相逼、李书记的热泪盈眶之下，离婚协议，签了。这个时候王可以还在为他伤感，离婚协议，他没要一分钱呐。

结果，高敏一句话给怼了：“你还拿得出一分钱吗？！”

之后三年，再无吴天昊的消息，好像为了退出她的生活，永远不回来了。

结果，某天，王可以开车尿急，暂停公园求解放，猛不丁就在小湖边上撞见了吴天昊——这厮，居然在画画。随后才知道，原来这厮，早就回来了。这下才明白，其实这厮，就只是退出了她的生活。

从这天起，王可以再也不想看到他了。

听说，吴天昊回来之后不再做股票，迷上艺术了。画油画、弹吉他、玩架子鼓，玩儿什么通什么。而且一见好乐器就走不动道，想方设法也要买到手，满屋子设备，全是发烧友级别，所以，在地下艺术圈里很有口碑。但据眼线小裴经理叙述，吴天昊只是迷恋地下艺术圈那种边缘人群的生活方式，证据就是，他酗酒已经严重到手抖了……

王可以一直都纳闷，吴天昊也不工作，又哪来的钱买那些发烧友级的乐器呢？

结果，答案自动揭晓，有天晚上，他找来了。

吴天昊说：“我喝酒喝痛风了，想看病，借我五万块钱。”

根据小裴经理之前的打探，吴天昊用看病这招骗过好几个中年女性文艺爱好者的钱，所以，王可以就拒绝了。

结果，没两天，吴天昊去了趟寄宿学校，把儿子带走了，然后，打来电话：“王可以，你不借我钱，我就带儿子一起去死。”

于是，王可以疯了，带着钱和警察就扑过去了！

王可以和警察赶到吴天昊租住并改造过的旧厂房时，目睹的场景是这样的：吴天昊、儿子，都喝得醉醺醺地躺在一堆乐器里，儿子的腿还搭在他脸上……

根据过程中在场的证人描述，吴天昊把儿子“绑架”回来后，爷俩又玩乐器又打游戏全都嗨了。然后，就把后经证实是从某酒吧偷来的几瓶人头马给干了。

虽然荒唐，但终归是危险的。

所以，吴天昊被拘留了几天之后，警方给他限定了与王可以母子的警戒距离——50米。

王可以没意见，她也觉得吴天昊是危险的，他的危险就在于：他对儿子完全没有成年人的责任心；儿子，又很容易被他嗨到什么事都干得出来……

这，就是王可以曾经的婚姻。

她的前夫，曾经的天才，现在，是酒鬼。

但王可以，会偷偷给他打钱，就像一个对堕落的孩子绝望了的妈，不想看到他，又害怕他过得太苦……

第四章

王可以做梦都没有想到，自己居然会跟魏强牵出一段纠葛。

前夫堵门事件后没几天——没几天中的某一天，王可以早起去健身房，在车库里撞见魏强了。

这很奇怪，虽然魏强说是这个小区离他单位近，就搬家了。但王可以依旧怀疑，这跟前夫堵门散发的信息场，存在着某种因果关系。

如果是这样，也太多事了吧，王可以想：算是守护吗？中年男人真自恋。

之后王可以发现，对方跟自己的作息时间一致得蹊跷：早上她去健身，他上班；下午她六点下班到家，他也差不多。当然，不是每天都一致，但不一致的那些天，总觉得是刻意安排得让人看似不一致。

于是，某天，王可以不一致地下班后约了高敏去看电影，晚归了。

结果，看到魏强在楼下的休闲区，用那些颜色鲜艳的健身器材摆弄自己，微秃的脑袋上几缕细发迎风飘扬。

他有夜练的习惯吗？

王可以随后发现：她不晚归，休闲区就没他；她一晚归，休闲区就细发迎空。他夜练，完全由她的作息决定。

于是，王可以又想起那夜前夫堵门，在不了解内因的人看来，当时的情境的确有些惊悚，那么……魏强真就是把自己当守护者了？觉得自己很强悍，她很脆弱吗？中年男人的逻辑真是自恋。不过，这个王可以自己侦探出来的答案，让王可以觉得有些温暖。

于是，俩人开始有互动了，不再是见面打个招呼。

短暂遇见的话，他们会调侃两句；时间若不太紧，会聊上一会儿；偶尔，还会比较随意地互送些开会办展得来的小礼品，反正自己用不上；再后来，会一起在休闲区摆弄健身器材或被健身器材摆弄了。在这个颜色鲜艳的中老年场所里，时间就会更长一些，开始聊聊健康、讲讲社会。发现魏强对娱乐头条完全无感，又发现他后来刻意去看娱乐头条好有得交流，就没劲了。好在俩人曾经同学，后来找到了共同娱乐的话题——就是小时候小朋友的各种糗事。然后，嘻嘻哈哈；然后，话题就循序渐进地又扩展了：小朋友们大了之后的情况啦，孩子啦，人生啦……然后，包括自己的。

每回看到魏强迎风飘扬着细发感慨时光，王可以就担心自己会笑喷出来。但她发现，对方的着装品位还行，多少能给一个微有肚腩的中庸长相加上几分。

至少，这算优点，当然，他的优点肯定不止这些。

王可以甚至都没察觉，跟魏强从生疏到熟络的这段过程，她的心态越来越接近实际年龄，或者说，她的心理年龄开始在跟魏强接近……

有天，董建受贿一只野生甲鱼，邀请王可以家宴。

说实在的，什么东西经过高敏烹饪，都会变得极为难吃。所以，家宴的大部分时间，王可以的思绪都飞在董建应被同情还是膜拜这个问题上，直到高敏问她：

“听说魏强跟你在一个小区？”

“哪个魏强？”王可以居然有些心虚地装蒜——之所以心虚，是因为她忽然发现自己居然很想探听点儿魏强的信息，就像个怀里揣着鬼的老娘儿们。

于是，又像个老娘儿们那样，貌似不经意地把董建和高敏的话题引到魏强身上。于是，从董建口中获知：魏强，因为工作，大多时候跟老婆和女儿分居着，夫妻感情一直不错，就像亲人。所以，相互包容对方在外都有固定或阶段性情人的现状，或是心照不宣。总之，双方很默契。

这应该是稳定婚姻状态的几种模式之一。

虽然，高敏故扮娇嗔地大叫“董建你要敢这样我就自焚”，但大多数成年人都会相信，包括王可以，这种模式，恰恰是希望奔着老来伴儿的轨迹长相守……

模式能理解，但对于魏强，王可以就有些警惕了。想起对方搬家的时间点以及种种暗中关注的措施，应该是把她也当作猎物了吧？

但后来发现，好像又想多了。

因为，之后蛮长一段时间，也没见魏强有什么推进关系的举动。跟她碰到一起，还是那些很休闲的闲扯淡。

于是，又不再警惕了，慢慢地还习惯了有他存在，就像个想法很多却从没被特殊对待的老娘儿们。

所以，春节前，魏强消失了一阵子，王可以心里居然还有些空落落的，哀怜自己虽然童颜丰臀，原来，在别人眼里也就是个话题，如此而已……

于是，老妈通知王可以要全家同赴三亚度假过年时，王可以居然很烦躁。

结果，把老妈弄烦躁了，结果，她就哭了。

她说自己从小到大都因老妈的安排疲于奔命、故作强悍，身劳心也累，四十多岁人还变态一样每天去健身房驻颜，真当自己还青春呐！不行！今年我要一个人过个安静、放松、堕落、睡成猪的春节！就这么定了！

于是，老妈老爸带着外孙飞海南了。

结果，真就一个人在家吧，王可以又不爽了：这是亲妈亲爸吗？是亲儿子吗？把她一个人剩在家里，要吃没吃要喝没喝，孤单寂寞冷到居然开始期待央视春晚，童颜丰臀自以为受人瞩目，原来春节见分晓，真就是个被人有空时撩拨、没空时完全忽略的老娘儿们！老娘儿们！老娘儿们！

于是，室外传来阵阵的鞭炮声中，王可以开始纠结：要不要给高敏打个电话，就说自己想去死，看她来不来，不来，绝交；来了，就当报复！

"叮咚"门铃响。

"谁啊！"王可以当然很没好气。

虎着一天没洗的素颜，拖着棉拖鞋开了门，"呼"就一阵冷风进来。

门外，居然是魏强！

对，年三十晚上 6 点 57 分，来的居然是魏强，手里拎着大兜小兜的菜、肉、水果、饮料、零食，微秃的脑袋，细发迎风飘扬……

第五章

2014年除夕6点57分，王可以看到魏强出现在门口时，脑中的第一反应就是：我要被干了！

魏强自我描述：之前假期他回了趟老家，人财两旺地抚慰了老婆、孩子、岳父、岳母，然后因为尚有工作没完，当然也有常年劳累想安静休息的心理因素，所以返回，又恰巧发现王可以也独自一人，于是正好凑对云云……逻辑牵强，但依照他的家庭状态也不算离奇。

所以，王可以一脸谄媚地盯着他手里大袋小袋的菜、肉、水果、饮料、零食将他让进了门来。

因为，王可以根本就不想追问。

因为，她真的很饿！

魏强提着大兜小兜进了厨房，王可以在吸养乐多，一边心里嘀咕着：我不用去帮忙吧？不用去吧？不用去吧？又不是我叫他来的，而且厨房空间那么狭小显得会很暧昧，所以不用为了礼貌把自己闹得那么虚伪吧……

结果，她就噘着奶颠着屁股进了厨房，很贱地给魏强打起了下手——文明人，还是要有些礼貌吧。

食材很多，相当忙。

王可以原以为礼貌驱使的勤劳，是饱含有一种身不由己的悲催的，没想到一忙活起来倒很愉悦。

离婚前，她习惯了一个人在厨房忙活的悲壮场景；离婚后，又习惯了爹妈那里蹭一顿是一顿，蹭不着就盒饭的浪人风格。忽然惊醒，这还是平生头回跟男人一起做饭。

于是，发现这原来竟是一件相当有趣的事呢——你让我尝个生熟喂上一口，我手上沾油让你帮忙撸个袖管；你蹭着我屁股过来拿酱油，我贴着你前胸过去撒个味精；再加上一些个你数落我、我挤对你的小玩笑，狭小空间在忙碌之下气氛轻松、活泼、积极、向上，还很暧昧。眼见着酱鸭、腊肉、年糕、鱼脯、童子鸡一道道搞定，一种疑似相依为命的伴侣感，潜移默化就弥漫了整个空间，让两个说不上相熟的男女很快就忘记了他们还说不上相熟。

于是，完工后王可以很自然地转过身子："帮我解下围裙。"

于是，就解了。

但之后,那双手没撤,反倒握在腰上了。这瞬间,王可以就有些后悔了,因为,她觉得全身毛孔在迅速收缩,每个毛孔似乎都闻到了一种混合着烟草味的男性荷尔蒙气息……

于是,开门时那个声音又在脑子里荡开了:我要被干了,我要被干了,我要被干了……

就这时候,“砰”的一声,自来水管爆了。

结果,乱套了。

魏强抄起一块抹布, 以舍身堵枪眼的姿态堵向水管,同时,扭头大喊“去关闸门——”那瞬间,细发飘扬,说不出的悲壮。

于是,王可以去关闸门。

可问题是:王可以根本不知道闸门在哪。等到在各种引导提示之下,终于找到并关掉闸门回来之后,魏强已经被水澎了全身。结果,天可怜见,伸手去接递来的工具,又滑倒了。

于是,水泡裤裆红色秋裤隐隐透视,然后,撅着屁股钻进橱柜,红色内裤的另一面隐隐透视……

“我去,难怪都说中年大叔多猥琐,拜托,要不要这么搞,我真的好饿啊,神啊,看来这间屋子注定是不欢迎他的……” 王可以的负能量足足爆棚了好几分钟。结果,看

可以在路上

孤单的好处在于你可以完全沉浸在自己的世界，

心无旁骛地打造自己。

可以
在
路上

享用过上好的，就不会去凑合，每当我享受其中，

就会很想我爱的人也在。

到对方修好水管、面带胜利笑容以及一脸污垢钻出来时，心里又负疚了：人家细发都飘不起来了，自己还那么恶毒；人家牺牲仪表抢险救灾，自己却还百般嫌弃。这种像极了更年期妇女专属的负能量真的好吗？真的好吗？我靠！我童颜丰臀，现在居然飞跃到了更年期！

心态修正了，谄媚笑容也就堆起来了："真是辛苦你了，快去洗个澡。"

"我没衣服换啊。"

"我找件给你咯。"

高敏要是看见她当时的谄媚面相，一定会绝交吧。

于是，魏强洗了澡、换了女款睡衣。

于是，王可以就笑喷了。

这种顶着肚子兜着裆的着装风格，配合微秃脑袋上刚被精心吹干的细发，造型变态得令人发指，瞬间激发了王可以的创作欲望，找出把剪子"咔咔"豁开了两侧腋下省，成功地暴露了两侧肉体以及浓密腋毛，让变态风格更加走向了极致。

于是，王可以得意之情达到巅峰，抓起手机就要录制视频。

于是，一个"吱哇"乱叫逃躲，一个"哈哈"狂笑追捕。

结果，这种变态情境持续了几分钟后，得到了一个更变态的结局——女上男下地跌到了沙发里！

于是，女上男下地定格了。

这就，尴尬了。

“完了完了要被干了，要被干了，要被干了……”这个声音又在回荡。

偏就不巧，手机响了，举起一看，是儿子要求危险视频，哦不，微信视频！

微信视频的核心精神就是：接通，接受审查；不接通，恶意抗拒审查。发明这项功能的家伙应该被指甲钳慢慢钳死才解恨吧，王可以当时的确是这么想的，因为她躲开了魏强，没躲开满桌的饭菜。结果，儿子亢奋大叫说“隔壁小王现身了”，还没来得及镇压，这声大叫就引来了亢奋的老妈，一脸“女儿是剩菜，不倒不痛快”的迫切嘴脸。

于是，王可以只能用扫视家中每个角落的方式来证明“一个人过个安静年”的谎言。没想过程中老妈狡猾得就像个老司机，一会儿让她忽然转向，一会儿让她照照身后。

于是，魏强四处躲藏，躲无可躲，躲进阳台亦无可躲，最终，只能翻出阳台，躲进空调箱……

一通折腾，俩人疲于奔命；折腾结束，好心情荡然无存。

吃饭吧，于是吃。

总得聊聊吧，结果，发现人要没了好心情，就说不出人话来。

“呃……你前夫，没再骚扰你吧？”

“大过年的，你老婆，会给你打电话吧？”

“你身材保持真好，真看不出是那么大个孩子的妈。”

“都说秃头的男人，其实身体特好。”

…………

真是一刀补一刀，刀刀顶你个肺，比春晚语言类节目还要尴尬。

王可以觉得身为主人，有义务缓解一下尴尬。于是，就主动拿出瓶珍藏的红酒；魏强觉得作为客人，是有必要表达殷勤的，于是，就主动要求开瓶。结果，手一滑，酒瓶落地，“砰”，碎两半了。

结果，中年男女的节约共性表现出来了：未洒出去的酒，救了四杯。本来，可以相安无事了，魏强偏又加个中年人的小心谨慎，举着杯子查看有没碎玻璃碴。

于是，王可以不乐意了：“怕有玻璃碴就别喝。”

结果，魏强“咕嘟”就给一口闷了。

挑衅？！

于是，王可以也闷了一杯。

结果，魏强很牛×地又跟了一杯，王可以不甘示弱地也追了一杯。

于是,魏强说酒没了。

结果,王可以丧心病狂地又拎出两瓶82拉菲。

结果,俩人丧心病狂地你一杯我一杯。

结果,双双醉倒进沙发,丧心病狂地看起了春晚。

没错,是看春晚!看春晚!真的丧心病狂啊!

所以,酒醉人糊涂,连春晚的小品都觉得好笑,而且是哈哈大笑!

准确地说,是哈哈大笑地抱作了一团!

发现抱作一团的瞬间,王可以忽然就是浑身一个激灵,顿时呼吸都快屏住了,那个声音,又开始回荡了:我要被干了,要被干了,要被干了……

她看到面前的魏强鼻息粗重,双眼喷火,微秃的头顶细发油亮,像是吃了返老还童药,然后……

然后他脑袋一歪,睡过去了。

我去……王可以也脑袋一歪,睡过去了。

直到第二天上午,两个衣衫不整的人醒过来,相对尴尬。

有道是人生无处不尴尬,不是你尴尬,就是我尴尬。所以谁也没多说,一个走了,一个回床继续睡……

第六章

其实……王可以的确有个隔壁小王……

关于隔壁小王的缘起,用一句话说就是:本想找个修电脑的,结果,招个来泡妞的,最后,成个有奸情的。

那是一个月黑风高的夜晚,承载文件、设计图以及各类风格A片的电脑忽然坏了,就打电话给24小时维修部。24小时维修部的老板其实派不出师傅又不想砸了24小时维修的招牌,于是,推送了一个朋友的微信给王可以。

事实上,这次之后,24小时维修部真的开始24小时服务了。因为老板发现,深夜观摩A片被毁电脑是个普遍现象,而且,求维修的普遍不好意思讨价还价……

当时,王可以被要求用视频聊天描述故障情况,视频结束后不到两分钟,门铃响,小伙儿出现了,不高,略帅。之所以不到两分钟就能出现,是因为居然还是隔壁邻居。

这货开口就是:“放心，哥是有职业操守的老司机,艳照只偷看不传播。”

然后,开始卖弄维修技术。

最后,没有收钱。

这才知道他并非以此为生，之所以深夜前来帮忙,托的都是那段视频聊天的福。据小伙儿坦白,这是他惯用的招儿:发现不是美女,直接表演被外星人劫持,关掉视频再不出现。

走前这货的确有点帅地撩了下头发:“改微信备注,就叫我隔壁老王吧。”

“老王?呵呵,把我当妹纸了吧……”所以,王可以相当满足。

不同于那些个老炮,上挂就查户口,问完年龄问婚史,问完婚史问下代;亦不同于那些个陌陌男,啥都不问张开嘴就吐生殖器。小王总会在合适的时机,推送一些水准不错的段子,典型的90后气质,很污又很阳光。王可以喜闻乐见,空虚寂寞冷的时候也就顺势撩拨几个来回,看他可劲儿地把自己当妹子勾搭,相当享受,以致心理上从此拒绝了对自己使用“妇女”一词。虽然,“妇女”这词一听就是勤劳、勇敢、能赚、欣欣向荣、虎虎生风、两性生活很富足、一撩就上手……

不多久，王可以就深切地体会到了“远亲不如近邻”这句话。

那阵子，王可以迷上了起源淳朴、气质健康，乃至有关部门迅速成立了国家队的钢管舞，不料，因为儿子中考落了一段时间，别的学员都能倒挂金钩了，她还只停留在地管儿扭屁股的低级层次上。于是痛定思痛，专门安装了家庭钢管舞健康套装，购买了专配丁字裤的夜店装，每天回家恶补。

结果，那晚挑战高难度的时候，摔了，肉身砸碎玻璃茶几，后脑撞了立邦漆的墙，低头，看见满地玻璃碴上的双脚血流汩汩，哭了。

结果，听到脑袋撞墙声的隔壁老王打来电话：“妹纸，出啥事儿了？”

“快来救我呜呜……”

结果，哭声刚起个调儿，手机没电了。

两分钟后，阳台的大落地窗“哗啦”碎了，这货拎着把菜刀就冲进来了……

后来，听这货描述，当手机在哭声中戛然断掉之后，他的脑海中立刻浮现出王可以被多名变态密室囚禁、轮番性侵、滴蜡灌肠等惊悚情境，于是第一时间报警，第二时间抄家伙，第三时间翻阳台破窗！

唉，精通电脑的男生，内心世界究竟是有多丰富啊……

然后，抱起丁字裤的王可以奔医院，大夫惊了："年轻人，玩儿得过火了吧。"

还要打电话向110道歉，110惊了："年轻人，太有想象力了吧。"

第二天，换落地玻璃，安装师傅惊了："年轻人，这钢化玻璃枪都打不碎啊。"

月底生活支出结算：其中，医疗费四百二十，换玻璃，一万七……

当夜，隔壁老王送王可以回家后，又煲汤又烧热水地伺候，然后捧着她的脸相当韩范儿地说："妹纸，让我来照顾你吧。"

到这份儿上再隐瞒年龄就卑鄙了，所以，王可以就坦白了自己孩子已经中考的现实与事实。

之后，隔壁老王懵圈了半小时，又沉默了一个半小时。

再之后，在她边上睡着了。

早上醒来，两人发现脸对脸、嘴对嘴，然后就吻了。

再然后，睡了，睡得翻云覆雨但小心翼翼，因为王可以的脚伤。

要求。泡一杯茶,温和地陪在他们身边;点一支烟,别说抽烟对身体不好,因为他知道这些;给他一个拥抱,但请克制自己的欲望,别让他觉得要应和你的索求……

王可以在江湖上打拼多年,她明白这些,所以她很清楚至少在这段时间,高敏输了,其实输得也不冤,因为高敏从来都是快意恩仇,却从不考虑对方的需求。

"小姐,这样不好吧……"服务生的一句提醒,让王可以从恍惚中醒了过来。

随后她意识到对方指的是什么——因为没带支架,现在支撑手机的,是她的便携式自慰棒,自慰棒尾端的吸盘,本是为了吸附桌面、台面等任何平面,现在吸附在手机背面……

于是,这次跟踪,草草收场。

带着一种酣然出兵,却因为迷路草草收兵的丢脸感。

思来想去,终归觉得状况危险。

所以,某天找了某个由头,把高敏约到一家环境高雅到说话稍稍大声点儿都会觉得没素质的餐厅,决定本着引导、开导的方针,以探讨异性心理差别以及家庭政治学等高端问题为切入口, 润物细无声地达到既说明了情况,又让对方以自我反省的姿态赢取到解决办法的最终目的。

可是,一看到高敏那双没理可讲的双眼,她立刻就不知道该怎么讲了。

“你是……有啥事儿要跟我说吗？”

“呃……没有,没有……就是吃饭……”

“哇哈哈哈！这么贵的餐厅,一定要吃到毛都不剩！”

于是,吃饭。

高敏大快朵颐,王可以食不下咽。

之后分手,高敏心满意足回家打网游,王可以灰溜溜回公司上班……

第八章

接下来几天，王可以都被董建这事儿搅得心烦意乱，结果今天可能到了顶,在公司里发了通邪火。

原因是她看见小裴经理在跟那位长相最见不得人的文档员陈圆圆调情,山无痕水无棱地把妹子搞得打了鸡血一样,没完没了还跑调地哼唱江山美人啥的。因为太不可思议,所以探问原因。结果,得知小裴经理是在利用色相和暧昧,调动职员的工作积极性。于是大发雷霆、地动山摇,咒骂核心就是“忽悠身残脑也残的女人是最没底线的男人”。

据目击者后来描述,震怒当时,她的童颜完全被一种诡异的氤氲笼罩，充噬着一种更年期专属的歇斯底里;又据公司宣传部渲染,震怒之后,本来颇让公司头疼的持续鼠患,忽然不复存在……

之后,王可以就丧气灌顶,越来越不顺:开车尿急中途放水，为怕贴条急急草草，结果，尿不尽湿了裤子；结果，出来发现还是被贴了条；回娘家蹭饭，没想正撞上儿子和外婆在掐架，帮这个也不对帮那个也不对，最后还被老妈一刀怼在软肋上："这孩子就是缺个好爹管教！这问题你是要负全责的！"

这饭当然是没脸蹭了，饿着肚子飙车回家，一屁股倒在沙发里，满脑子都是让自己静静地死去的念头，偏在这时候，隔壁小王过来借方便面，声称接了个编程的甜活儿，忙得不想出门，卷了东西撂下人，走了。

他就，撂下人，走了！

问寒问暖不指望，但问声"你吃了吗"会很难吗？反正要煮方便面，帮姐煮上一包会很难吗？反正一个人吃也是吃，叫上姐也吃上一口会很难吗？王可以满肚子负能量：姐姐我童颜蜜桃臀，就落魄到路人甲了吗？退一万步咱俩就算援交伙伴，肉体腻了，最基本的人类情感还是要讲的吧？！

就在这个时候，门铃响了。

"谁啊？！"

没回应。

到门边往猫眼外一看，居然一张金丝熊的萌萌脸。

"我去！"王可以有些心花怒放：隔壁小王现在这么会

撩妹了？先玩一招假冷落，然后给惊喜，而且是格外之惊喜，满满都是套路，不过姐喜欢！

“等一下……”浪浪地回一声后，迅速窜进卧室，迅速换上情趣睡衣，迅速活力四射，骚浪贱地窜回门边。

开门，捧着金丝熊的是魏强。

这就，尴尬了。

“等一下！”惊悚地喊了声后，手忙脚乱窜回卧室，手忙脚乱换上淑女仪态装，手忙脚乱假装淡定地又迎出来。

魏强满眼透着胡思乱想的光芒站在那里，细发在穿堂风中窈窕飘舞。

好在有金丝熊，引出的话题，很快就冲淡了尴尬。

原来，年前有次和魏强在健身区，一边踩着大妈健步机一边扯淡，居然引来了一只满脸叛逆的小流浪猫。于是，就把王可以惹得爱心泛滥，又抚摸又对话又让魏强火速买来猫粮伺候。

王可以从小就想养个小宠物，可是，因为老妈讨厌所有不能作为食物的小动物，只能作罢。自立门户后终于养了一只牧羊犬，但前夫与狗让她不是顾此失彼，就是顾彼丢了此。没错，是丢了，满世界找没找回，伤心欲绝了整整半年。之后，绝了再养的念头，害怕照顾不好悲剧再演。可离婚后空虚寂寞冷，心里真的好想再有个伴儿啊……

以上这些都是魏强在那晚获得的信息，从此记下，到今天，付诸行动。

而且相当有心，思量再三，选择了又萌又乖、伺候不费时间、出差还容易携带的金丝熊，并且一次到位，连同笼子、干粮、玩具全套送上。王可以当然开心，魏强却没立刻邀宠，看出她饿着肚子，积极主动去了厨房，精工细作下了一碗罐头杂拼方便面……

之后探问："怎么这点儿了还没吃饭？"

"心情不好。"

于是，一来二去，王可以说了董建和林心洁的那事儿。

然后，发现他早就知道。

结果，话题就进入了剖析人性动物性社会性的三观探讨：

董建，是头虚弱的头狼，既要带领狼群抵御四伏的外敌和恶劣的环境，还要应对来自于内部的挑战者，不堪疲惫。

高敏，从来就没长大，需要父母一样的全身心环抱来化解时刻存在的不安全感，这类人往往好命，能找到扮演父母角色的人，但可悲的是，哪种父母都会老。

林心洁，貌不出众却春风化雨，因离过婚，更懂得克制和包容，她把自己变成了营养，至少现阶段是，而董建恰恰就处在感受自己虚弱的阶段，渴求营养……

人类有“U”形幸福线，四十岁左右是谷底。

很多西方人，准确说是很多中产阶级以上的西方人会选择这个时候结婚，用生活开启新模式的方法让谷底反弹，但国人在这个年纪，往往孩子都中考了，所以国人的“U”形幸福线轨迹格外稳定。

更悲催的是，“早恋”一词可谓中国独家，在无数父母看来其罪恶程度足可诛杀九族；而“晚婚晚育”一词，又让无数父母陷入无法在死亡前确定血脉延续的极度恐惧。于是，国人往往在该恋爱的时候被强行制止恋爱，又在几乎不懂爱情的情况下匆匆结婚，繁衍了后代；于是，两个并不适合相伴的人在快速抵达性疲惫期后，迅速进入恐惧“早恋”，随后又恐惧“绝后”的轮回；加之四十岁是生活将固化在哪个阶层的关键点，因此焦虑加焦虑，谁能在心理上没有逃离的渴望？当外部诱因出现，谁又能百分之百地抵御？更何况，外部诱因，也无比渴望逃离去你怀里！

民族性决定社会性，这是宿命。

谁，操得了宿命的心？

听之任之，罢了。

以上内容都是魏强的论调，无奈，却又无可辩驳。

关键是最后一句：“王可以，除非像你一样，先从生理上，撕掉年纪的标签，让一切变得皆有可能，才能让宿命见他娘的鬼去！”

王可以忽然从这男人身上体会到了一种厚度，忽然觉得，微秃的脑门底下，其实有个思想澎湃的大脑。那么这样的大脑需要营养，头发细，当然顺理成章。

于是看着这个人，也就忽然突破了一种心理屏障，顺眼多了。

结果一抬头，两点了。

这才发现足足聊了6小时，随后不约而同，两张肚子都“咕咕”叫了出来。

“饿了吧？吃夜宵去。”

“不好吧，容易胖。”

“偶尔一次不至于吧？”

“有一次，就会有第二次。”

“哦，那就算了。”

“别，咱们走！”

于是，风驰电掣到了自健身起再没来过的夜市，吃了猫肉泡羊尿的羊肉串、地沟油炒的重金属蛏子、据说不泡尿不够味儿的臭豆腐，就着兑了自来水的扎啤，在一种堕落咸湿的快感下酣畅淋漓，看着魏强被烟熏火燎的细发不再随风飘扬，哈哈大笑……

第九章

王可以自己都没想到，在她跟魏强的情感推进上使了一把关键力道的，居然会是自己的前夫。

自从有了那次由金丝熊毛毛牵线的“壁炉会谈”后，王可以和魏强的互动就多了起来，而且开始有了主动性，比如走个大妈健步机、分享个外卖什么的……

这天大姨妈告退，心情格外舒畅。

于是忽然起了兴致，觉得应该正式请魏强吃个饭、表达个感谢什么的。想到魏强那个微凸的肚囊，必有轻微三高痰湿体质之类，所以决定亲自下厨做个低脂肪、高蛋白、富含各种微量元素的营养餐，既可被理解为表达关心，又不用面对油腻不动筷、扫人兴致，小心机得不要不要。

打去电话，魏强正好下班早。

于是，小区碰头，各自停车，步行前去超市买菜。顺着步行这个话题，王可以急不可耐地开始炫耀自己的健康作息、健康运动乃至健康饮食，这过程当然还要把对方当作反面教材进行对比式批判，叨叨叨叨像极了传销人士在洗脑。好在魏强不但没有反感，反而频频放大自己的不健康习惯，一路捧哏，全程表达膜拜，弄得王可以心情美得不要不要。

然后，步行回家，有说有笑。

结果看到前夫吴天昊坐在楼门前擤着鼻涕。

王可以看到前夫，脑袋“嗡”一下，发现自己小内心里居然在心虚。

魏强不了解王可以对前夫的那种复杂心情，只知道警方对吴天昊有个50米的限制说法，于是第一反应就是掏出手机要报警。

结果就被王可以急扯白脸给喝止了：“你干吗呀！”

接着，护花使者有些发愣。

接着，警惕对象的目光像在欣赏一个傻×。

接着，王可以又有些看不下去，又板着脸问吴天昊：“你来干吗?！”

“我也不知道，鬼使神差就来你这儿了，不过我知道原因，但我不想告诉你，怕你感动……”说完，这货擤着鼻子转身就走！

“我靠！”王可以脸挂不住了，“你给我回来！”

结果魏强满手拎着菜、满眼刀光剑影地跟着王可以及其前夫上了楼。

据吴天昊交代：他从画油画、玩乐器、搞摇滚至今已牛×成了一个精通各种雕虫小技的人，在地下艺术圈声名鹊起，惹得一大帮职业睡摇滚歌手的老少娘儿们争相追捧。这一娘儿们群落学名“骨肉皮”，那是缺粮送粮、缺衣送衣，若要缺炮、上门给肉还送套。说他没钱吧，可供养从来不缺，乳波拱月、放浪形骸，日子真是好不自在。可俗话说一场病来现情怀，这几天得了重感冒，老少娘儿们端药的端药、暖床的暖床，可怎么被照料都觉得不得劲儿，看着满屋子环肥燕瘦偏就浓浓的空虚寂寞冷。于是，溜出门来游荡，鬼使神差就来了王可以这里……

这话说得，前半段像是那种“走自己的路，让前妻郁闷致死吧”的炫耀，话锋转后立刻又让王可以油然而生一种正宫娘娘一览众山小的威仪感来。

于是越听越受用，目光越来越慈祥。

于是带着类似“媳妇儿再好不如娘”的变态母爱开始絮叨起来：“你看看你，生活没规律、饮食不注意，现在吃到苦头了吧？跟你说过多少回，这样会把体质搞坏的，你就是不听……”

在中年妇女的万丈光芒之下，把边上的魏强无聊得如坐针毡，终于在长篇累牍的数落中找到了一个气口，赶紧出声：“呃……你们聊着，我去做饭。”

这一家伙，王可以“噔”的就从云端落了地，顿时意识到“斯人远去白云外，我是在犯贱”，当即随着魏强起了身：“对对，做饭，说好我做的……”

于是在强烈地丢人现眼感之下，本想在营养餐饮学领域发表高谈阔论的王可以，做饭期间除了“你切、我切、你烧、我烧”之类的应用词汇之外，半句话都嘚瑟不出来。

谁想就这么闷闷地跟魏强在狭小空间里隔绝了这么个做饭工夫，还把吴天昊给惹不爽了，菜端上桌、饭盛起来，这厮开始挑三拣四了，一会儿嫌菜淡，一会儿嫌肉不够烂，腻腻歪歪了半个小时后终于把王可以的火给拱起来了！

于是中年妇女狮子吼：“嫌这嫌那有完没完？老娘以前给你做饭不都这样吗？垃圾食品吃惯了是吧？地沟油、化学调料你上瘾啦？还嘚瑟你三宫六院，真当自己是皇上啦？是皇上你就让她们往好了伺候，外卖快餐对付出你这副病歪模样！菜就这些！爱吃不吃！不吃滚蛋！”

看着气氛僵了，魏强慌忙把王可以拽到一边劝起来了：“哎呀哎呀，我现在算是闹明白你俩了，天昊这家伙就是为了跟你起腻来的，纯粹就一没长大的孩子，何必动这么大肝火呢……”

于是把王可以拉回桌边，跟吴天昊没话找话。

结果递了根烟相互点上，俩人居然就找到了话题。从“以鲁迅为例吸烟有害、以邓公为例吸烟长寿”为起点开始讨论辩证法，直到进入“色即是空，空即是色”的不说人话境界，你不服我我不服你。然后，全都把自己当作大师把王可以当作丫鬟，这个使唤她拿酒，那个使唤她加菜，不亦乐乎……

男人真是种奇怪的动物，前一秒刀光剑影，一根烟、一杯酒，立刻称兄道弟都不把自己当外人了。

于是，这俩货又加微信又分享公众号，完全把王可以冷落到了一边。

于是，王可以怒了：“你们差不多了吧，都几点了？”

吴天昊意犹未尽要顶嘴，结果又被怼了：“手都喝抖了还喝，不喝会死啊?！”

于是，她看到魏强很基情地对吴天昊使了个眼色；吴天昊很基情地秒懂了含义，特别正能量地说了句：“哎呀，喝完酒，嗓子不疼鼻涕不流了，神奇！”

说完，很有面子地遁去了。

留下王可以窝在沙发里满肚子不爽，想想一整晚一颗心，被个前夫闹得七上八下，真是贱相尽露、丢人现眼。

于是，就有了魏强以下的语重心长：

“你们不是没有爱，只是不合适，人世间有太多这样的情感，有缘无分，不是不够深厚，而是摆错了关系，既然不能长相厮守，何不做对快乐的朋友？”

结果王可以的眼泪“哗”就下来了，女人但凡眼泪下来，话匣子就自动打开。

于是把自己与前夫青梅竹马到相爱相杀的整个过程宣泄了个遍，一把鼻涕一把泪，酣畅淋漓，快意恩仇。直到十二点钟声响起，一个感叹地离去，一个满足地睡去……

次日一早，天昊打电话来：“神了哎，昨晚你那儿一通酒，感冒好了哎！”

随后，王可以发现自己嗓子很疼，鼻涕挂到了嘴边。

再后，魏强又打来电话：“可以，妈的，我中标了。”

王可以说：“魏强，妈的，我俩都中了那厮的移魂大法！”

第十章

感冒界一直有个恐怖的传说：不管是病毒性的还是细菌性的，只要传染给了别人，自己就能立刻恢复健康……

从前夫的酒后痊愈，到王可以、魏强酒后中标，完全证实了这个传说的杀伤力。

魏强是带着药和早点来的，王可以本该吃人的嘴软。但出于补偿昨晚没能成功炫耀健康生活的阴暗心理，她开始对“感冒就吃药”这种国人陋习展开了批判。虽然嗓子很疼，头很晕，但言之凿凿、声情并茂。从宏观到微观、从个人健康到民族体质，说得魏强开始相信自己就是破坏中华民族健康基因的罪人之一，冷汗“哗啦啦”的。

当然，也有可能是虚汗。

“向你学习，感冒坚决不吃药，多喝水、多休息，等待机体自我调节。”魏强很认真地说，目光中满是立功赎罪的渴望。

王可以本想弄支双黄连口服液润润嗓子，结果就不敢伸手了："呃……国人其实也是身不由己，工作挣钱不敢休息，就想吃药打针给扛着，可怜啊……"

结果，魏强给律师事务所打了个电话，把手头工作移交给了别人。

于是，王可以再找不到台阶，彻底就被架到了榜样的位置下不来了。

王可以内心崩溃，一袋子药全都扔进了垃圾箱。

随后打通手机："小裴经理，本宫病休七天，公司里外上下由你接管，做倒闭了算我的！"

于是，带着挑衅的心情以及折磨死不开眼的魏强的恶毒念头，王可以跟他约定相互监督，绝不吃药，风轻云淡度过传说中的七天痊愈周期。

"相信我，吃不吃药都七天。"王可以邪恶地打了包票。

王可以由于多年健身，之前总在众人皆病独我不倒的境界下傲视群雄，所以，对这次感冒有些轻敌。所以，第二天头昏耳鸣、喉肿声哑，方才感受到吴天昊带来的病毒有多霸道。可是已经被架到了榜样位置下不来了，怎么办？

于是，她想到了传说中的食疗。

之前，她尝试过姜丝可乐，具有一定功效；而且，这次还有一个魏强；而且对她无比信奉。

那么，没理由不拿他活体实验，把百度里所有的食疗方子用一个遍吧。

于是，在度娘的强大咨询支持下，王可以像巫师一样地研制了蒸萝卜水、煮大蒜水、盐焗橙子，配合陈醋熏屋，一天下来整个居室已是臭不可闻。过程中，她狡猾地选择了经受过考验的姜丝可乐，而把其他所有的偏方都喂给了魏强。

“他若不死，我再尝试。”看着魏强渴望痊愈的脸，她恶毒地在心中狞笑。

第二天，王可以满脸长火包，开始恐惧自己因为心态恶毒遭了报应。

更恐惧的是，魏强在一夜拉稀二十六次的记录下，看上去像是要往死里去了。

这下，王可以心虚了：“咱咱……咱还是去医院吧……”

结果，魏强颤抖着手，握住她的手：“坚持，就是胜利。”

于是，王可以心里泪奔了。

又不敢亵渎魏强因她胡作非为而产生的虔诚信仰，又怕对方死家里，咋办？

绝境之下，王可以忽然想到几年前在精神导师莱哥哥的饭局上，认识过一位江湖游医，这位游医专治性病梅毒，形象猥琐，但有句话，却显得很有内涵。

他说："药之不济，针之不及，必须灸之。"

灸，即是艾灸，中华医学的瑰宝啊！

于是，度娘强大的咨询支持，又给王可以提供了一个更上台阶的方法：拔火罐之后，艾灸更为有效！

"你相信我吗？"王可以问这话时觉得自己像极了魅惑人的狐狸精。

"我怎么可以不相信你？"魏强回答时的神态，居然有了宁采臣那样的楚楚可怜。

随即，在倩女幽魂的背景乐里，王可以直接在淘宝下了单。

次日，货到，开门瞬间，快递小哥被屋里窜出来的臭味熏得连签字都免了。

于是，按照说明书和穴位图解，王可以当了一回大夫。

为了给自己壮胆儿，她边干边哼唱着一首网红小骚曲儿："姐是老中医，专治吹牛逼……"

鲜葱堵鼻，铜钱刮背，酒精擦身，然后，正式开始。

当十二个罐子在魏强背上疯狂嘬肉时，已经气若游丝的魏强居然发出了类似高潮的呻吟，直接把王可以的自信拱到爆棚。

可以在路上

当我要离开的时候，我希望我很爱的那个人

不要像我爱他那样地爱我，因为我不希望他

像我一样难过。

可以在路上

爱情是一把双刃剑，握得越紧伤得越重。

摘下罐子，好几处有水泡，但据百度说，这是体内湿寒被拔出来了。

是时候艾灸了，两分钟内，老姜切片，撒上食盐，分别贴在人体几大穴上，点上艾灸。霎时间，一种很上档次的烟气，将居室里那些接地气的臭味，调和出了一种类似狐臭撒孜然的异域风情。

“过程中会有些烫，忍一忍啊。”

“嗯，我忍。”

结果，又三个水泡，而且拇指大小，饱满至极。

王可以心虚地解释：“呃……水泡呢……代表湿毒都出来了，出来了……”

然后走到阳台，面朝西方点了炷香：“菩萨保佑菩萨保佑，我真的没想杀他。”

天亮，魏强突发高烧。

一看，水泡不知道啥时候破了，感染了。

看着魏强嘴唇干裂、神志不清地呢喃：“坚持、坚持就是胜利，坚持……”王可以“扑通”就给跪下了。

“爷，求你了，去医院吧……”

第十一章

冥冥之中想杀魏强的不止一个。

十万火急将魏强送到省一医院，接待他们的，是名仪表相当出众的大夫，坐姿挺拔、方脸大耳、剑眉凤眼，微微上扬的嘴角，带着一种与生俱来、由内而外的自信。

看到这么有气场的大夫，王可以算是放下了心，觉得那晚对着西方烧香还是管用的，菩萨真的是救苦救难的。

果然，大夫只是浅浅地查看了下发炎的两个伤口，就云淡风轻地把药方给写了，笑容里还带着一丝揶揄的意味，似乎患者和家属有些小题大做了。

“这种情况，在山林地区司空见惯，放心吧，简单得很。”大夫云淡风轻地说这句话时，王可以感觉体内一股暖流，从脚底传入心间。

于是领了一个疗程的外敷药膏回家，亲手给魏强抹上。

于是第二天，屁股沟上那两处伤口，溃烂了。

可能是量不够大吧，王可以这么想。

于是第三天，溃烂到看见肌肉了……

十万火急将魏强再次送到医院，那名云淡风轻的大夫不在，主治医生拿过之前的方子一看，竟是大惊失色："前天下午谁监视的刀医生?!"

刀医生，就是那名云淡风轻的大夫。

王可以后来才知道，这位刀大夫名叫刀姆罕措，是西南某少数民族自治区一名土司的儿子。高考时因为民族政策，以一百多分的成绩进了医科大学，又在轮回挂科、补考，还是挂科，继续补考的十二年高校经历后，终于因为民族政策以及全体教职员工的心灰意冷，拿到了肄业证书。

回到自治区后，刀姆罕措进了自治区人民医院，成了刀大夫。

土司老爸，是理智并充满人性光辉的，谆谆教导他不要在没有医生护士哪怕护工的陪同下独自给人看病。无奈儿子的内心，却有一种与生俱来的、贵族式的高傲与自信，偏就我行我素。结果当年，淳朴的自治区人民与医院发生了六起医疗纠纷，史无前例。

于是土司老爸又是托关系，又是送厚礼，终于把儿子刀大夫送进了这家三级甲等的省一医院进修。

鉴于刀大夫的前史，省一医院的所有大夫高度警惕，制定了全天候监视刀大夫的内部决策，宗旨就是不可让他独自会诊开方。如此保持了半年多的祥和，偏巧就是魏强倒霉，监视刀大夫的大夫一泡尿的工夫，就被刀大夫会了诊，明明是烫伤感染，开出了专治毒虫咬伤的药来……

“这情况在山林地区司空见惯……”王可以这才想起会诊当时刀大夫说过这么一嘴，那刻她是有些小疑问的，但随即就被对方那种“与生俱来的、贵族式的高傲与自信”给淹没了……

该天杀的。

“我要……告你们……”魏强气若游丝地说。

为了不被魏律师起诉，科主任打了五天管康复的包票。于是重病下猛药，献出一帖省部级干部特供的混合药粉，用水调和敷在患处，不做包扎，晾在空气中自然风干后换第二帖，据说超过三帖还不痊愈的人，就是命里该绝了。

为了防止魏律师再度看见刀大夫导致急火攻心，科主任苦口婆心忽悠王可以把他带回家去养病，并免费提供了便盆、尿管、尿袋、尿垫、尿不湿。

于是，两小时后魏强就褪着裤子、露着屁沟、敷着药泥、垫着尿垫趴在了王可以的床上。

那么问题来了:端尿、端屎、擦屁屁倒没什么,闭了眼睛捏着鼻子也就干了。关键是自然风干,开不得空调。三月天的气温,不盖被子可能会死;盖被子蹭掉了药泥,可能也会死;尝试两条被子一上一下,露肉的部位半小时就凉透了,肿么办?!想到身体两边各放两把凳子,然后搭上被子,原理是对,但闺床太小实现不了,肿么办?!

绝境之下闪灵光,王可以忽然想起了一个变态杀手把人关笼子里施虐的A片,顿时有了方案——找个尺寸合适的笼子,锯掉一半,扣在身体上方,再搭上被子,不就完美了?

于是,搜遍全网,找到了一家专业定制熬鹰笼的作坊!

熬鹰这种残忍的事情就不说了,关键是熬鹰的笼子,尺寸合适!

这笼子,贵;但魏强的腚,更贵。

王可以义无反顾地给那作坊发去信息,结果对方一听要锯掉一半,急了;再听不是关鸟是要罩人,怒了。

"你可以侮辱我,但不能侮辱这门手艺!更不能侮辱我们手艺人的情操!"

然后,王可以被这位一身傲骨到了过敏境界的手艺人给拉黑了。

看着魏强那一半儿不得不晾在寒冷中的腚,王可以也是顶出了牛脾气,作为罪魁祸首,不伺候好他对不起天地良心！查到这家地址,开了车就奔了过去。

“王志宏工作室”是这家作坊的招牌。

一进门,头眼就是条只要想表达自己有文化就会放置的木质茶海;王志宏,是这家作坊的手艺师傅兼老板,身着一套只要想表达自己有文化就会配套的中式褂子加文玩念珠。

一看这情景,王可以就踏实了。

先往形而上里夸,把鸟笼子夸出中国传统文化的韵味来。

再聊茶,甭管好茶赖茶,对应了心境就是恰到好处的茶。

于是,一见如故的氛围顺利营造。

接着,倚仗自己学过设计、懂些专业名词,开始跟他盘道,再次印证对方就是那种祖传手艺,心比天高,却没见过多少世面的小镇秀才。

最后,因地制宜地撒谎。

“我是一个艺术家,我有一个灵感,我要把这个熬鹰的笼子锯掉一半, 展现那种一生不羁放纵爱自由的高傲灵魂！我要拿这作品,去参加埃塞俄比亚艺术大展！”

结果，半个熬鹰笼子装进了后备箱，姐是老江湖！

但是别忘了，冥冥之中想杀魏强的不止一个！

过高速口，碰上路检了。

警察打开后备箱，发现锯了一半的笼子，好奇了。

解释起来太复杂，王可以随口就撒了个谎。没想到这警察是个逻辑狂，一个接一个追问之下，只好一个谎盖一个谎，一个谎比一个谎不靠谱。

于是，警察的目光越来越严肃，王可以的心情越来越慌张。

“老实说，用来干吗？”

“关人……哦不，就是把人罩起来，呃……也不是，那人现在已经不能动了，所以……”

“所以”俩字出来的时候，警察已经转身吹哨了。

结果，王可以被武装包围了，带进小屋子解释了很久，也就换了警察们一个将信将疑。直到一干警力跟着王可以进了家，亲眼看到魏强真的不是被虐待狂禁锢迫害，才放心散去。

“姑娘，对警察别撒谎。”

“是是，我错了，各位英雄辛苦……”

送走警察关上门，魏强的屁沟以上、腰肋以下部位已在寒冷中晾了五个多小时,不但僵硬,颜色都变了。但他依旧满怀感激地握着王可以的手，气若游丝地说:“可以……辛苦了……只要我活着……以后你生病,我也这样对你……”

王可以觉得要换了自己是魏强,“我也这样对你”的“我”后头应该加“他妈”俩字!

“只要我活着,以后你生病,我他妈也这样对你!”

第十二章

人生最悲哀的际遇，莫过于最见不得人的场面，偏偏就被老妈撞见。

特供药就是有奇效。

早上换药，俩伤处已有见好趋势，而且魏强的精气神儿也涨了一点儿，说话不再气若游丝。心情大好之下，王可以倒了尿后给了个擦洗身子的增值服务，结果擦了一半儿，老妈打来电话，声称偶遇小裴经理，说她病了，就想过来看看。

“呃……没事儿，已经好了，过会儿我就去上班，别过来了。”

“行吧行吧，好了我就放心了。”

挂了电话，王可以松了口气，心想老妈要是过来，家里这番不堪情境还真不好解释了。

结果五分钟后,门铃响。

王可以开门,猛眼就是老妈的脸,吓得本能就关了门。马上就意识到这个举动相当背德,慌忙又开了门,这才发现,老妈边上,还有儿子!

就这门一关一开的工夫,老妈的面相已经不好看了。气呼呼带着外孙进了屋来,紧接着就被满屋子已经数不清成分了的混合型臭味给熏得差点儿吐了出来,不由分说就开了客厅的窗,又在王可以意识到情况不妙之前冲进卧室,把卧室窗、阳台门全给开了,随后一转身,愣了。

床上的被子,尾段尚属正常,中段由“不明龙骨”顶着,跟个船篷一样,前段就像个斜搭着的门帘儿,露着个在穿堂风中细发飘扬的脑袋。

“阿……阿姨……”

“阿姨”话音未落,被帘儿就给掀开了。

于是“船篷”底下,半截屁沟往上全光溜的身子,全暴露了。这场面,不好形容,反正儿子立马拿出手机拍视频了。

“里里、里面是个人。”

“我知道是个人,而且是个很可疑的人,难怪你这么害怕我来呢。”

“妈,不是你想的那样,听我解释。”

“好,去外头解释。”老妈把女儿、外孙一并带出卧室,随后关了门——身为重点中学的前教导主任,关门这动作已是近乎本能,为了防止里面听到外面的口供,及时串供。

“事情是这样的,他叫魏强,我叫王可以,我们新加入了家庭养生协会,因为互相学习拔罐艾灸等等中华医学瑰宝,结果发生事故导致烫伤感染,需要外敷不能把裤子穿上的膏药,所以就这样了……”

从老妈的表情来看,显然当这纯属扯淡,事实上王可以自己都觉得像在扯淡。

“好,你说完了,我再听他说,”老妈果然要玩儿阴的,“好外孙,继续录像。”

王可以顿时心中奔过一万个死定了。

果然,老妈随后电闪雷鸣向魏强抛出了极具教导主任风格的三个问题:

1.你跟我女儿是什么关系?

2.你现在的婚姻状况是什么?

3.你跟我女儿都在床上干了些什么?

这三个问题显然已做了有罪推论,而且歹毒至极:

问题1除了见不得人的关系之外,回答哪种关系,都会被追问到“这种关系怎么就能到上我女儿床的地步”这个必杀问题。

问题2是选择放过或者追杀的决定性问题，单身，若对不结婚不能干的事表示悔恨并发誓负责，尚有宽大可能，但悲催的是，偏偏魏强不是。

问题3最为狠辣，在字面上已经定义了活动区域，那么孤男寡女在床上这个区域还能干些什么？回答说就是谈理想聊人生，猪都没那么幼稚吧？

根据很多曾经折在老妈手里的学生回忆，他们的青春期叛逆，都是在这种风格的问题下治好的，因为发现有一种中国智慧，根本无法对抗！

果然，魏强在辩解又被质疑又辩解又被质疑地折腾了四十分钟后，好不容易恢复出来的那点儿阳气消耗殆尽，再度变得气若游丝。

于是，气若游丝就等于彻底现形。

于是，老妈彻底地批判起了婚外情的罪恶。

换平时也就忍了，可魏强病成这样，还要蒙受不白之冤，这不欺负老实人吗？

结果王可以是可忍孰不可忍，恼羞成怒就把老妈给拽了出来："够了没有够了没有？你就是这么理解你女儿的吗？好啊！你怎么想就怎么是！我跟他就是有奸情！我们就是奸情！满意了吗？"

于是，老妈沉默了。

按以往的经验,这种沉默不会超过10秒,10秒后,必将是一场大战!

王可以这回铁了心了,为了正义,她已做好了母女掐架的准备!

没想到也就到3秒钟光景,老妈忽然开口了:“你是谁啊?”

顺着老妈的视线王可以“呼”地转身,居然隔壁小王不知道啥时候进来了。

随后王可以就知道他啥时候进来的了——就在,她咆哮自己有奸情的时候!

因为小王问了她一句:“我们被发现啦?”

啊?王可以刚反映出他是误会了,他就忙不迭跟老妈解释了:“阿姨,我跟可以姐不是奸情,我们最初,都是认真的……”

“你……你又是谁?”

“我是隔壁小王,可以姐的男朋友,现在已经归于平淡。”

“男朋友?你才多大呀孩子!”

“我们没有忽视这个问题,所以签了一份爱情合约。”

“什么爱情合约?”

“简单说,就是肉体和灵魂的自由凭证。”

结果这时，卧室里传来魏强气若游丝又明显透着惊愕的一声：“呃——”

随后，小王发现了“船篷”里的魏强，以及半截屁沟往上全光溜。

于是，小王一副明白了的样子，明显地更误会：“可以姐，你这就不对了，我垂涎哪个妹纸我都告诉你，你有新男友你不告诉我，不公平吧?！”

老妈疯了：“你们私生活也太乱了吧……”

魏强吐白沫了：“呃——”

王可以彻底崩溃了：“出去！都给我出去——”

撵走了老妈、儿子以及隔壁小王之后，王可以很有一种生无可恋的感觉。

十五分钟后，儿子发来一条微信：女神牛×，手动十赞。

我去……

第十三章

其实，魏强命不该绝，特供药显神效。

之后，果然应了科主任的承诺，三天结痂、五天包好。在前来家访的科主任和院长的掌声中，魏强再度穿上了裤子。欣喜之下，不但忘了控告医院的事儿，还当场揽了个医患官司的活儿。

王可以前脚送走魏强，后脚就把臭烘烘的屋子交给了保洁，时长三天，要求是再进门时得隐有花香扑鼻，随后就以突击检查儿子功课为由，回娘家蹭住。甜言蜜语换到了进门权后，她又以 LV 包包一只，换到了前情回放的机会。三小时后，老妈终于获知并确信了真相，在把对魏强的尴尬，瞬间转移为对前女婿吴天昊的血泪控诉之后，母女撕逼大战终以相拥而泣的感人场面宣告结束。

衰神退去，一切向好。

王可以回归了舒心小日子，再看衣裤齐全的魏强也就顺眼多了，而且不知道是心理作用还是真的如此，魏强治愈后的屁股似乎还翘了那么一点点。后来得到求证，是托这场大病的福，瘦了二十斤，肚腩没了，屁股自然翘了。

因祸得福精神爽，王可以凤心大悦之下，拽着他就奔了商场，不惜血本干了一套 Dior 的西服上身，还真穿出了过气港星刘松仁的范儿。

三天后，王可以不请自来，旁听了魏强给医院打的那场官司。还是那身西服，苦主还是被刀大夫临幸的倒霉蛋，结局虽然惨烈，但庭辩时魏强那番活人都能说死的范儿还真是光芒四射，从各个角度欣赏，结论是比过气港星刘松仁，略帅……

在被保洁工人通风，打扫，喷洒化学香水，不间断劣质香薰后，连金丝熊毛毛都待不下去黏着儿子求带走的家里，度过了一个不知道是昏死还是真的睡眠很好的夜晚之后，王可以精神百倍地拉开窗帘，看着外面的雾霾，心中忽然就被一种世界真美好的正能量填得满满。

于是，门铃响时，她想：不管是隔壁小王，还是魏强，还是前夫，一定要热情地献上一个拥抱！

随后门开，来的是高敏。

“啪！”拥抱还没献上，一个耳光火辣辣的响彻了整个楼道。

来不及还手，那货先哭了。

王可以之后才知道，在跟魏强昏天黑地这些天里，高敏这边，出大事儿了：

有天高敏在路边得了张某酒店汗蒸馆的体验券，充满捡大便宜的快感奔了过去，没想却在停车场看见了丈夫的车，于是就在客房里抓到了丈夫的奸。狂怒之下，她把奸妇林心洁打了个满脸花，结果就把奸夫董建给激怒了，老好人发了大脾气，婚后十多年的不满和压抑全倒了出来，宣泄到了酣畅处，一秃噜嘴，就把朋友给卖了。

“王可以那么帮你，都觉得我跟心洁情有可原啊！”董建当时是这么说的。

听到这里，王可以就心虚了：之前她是私底下找过董建一趟，本意是拆小三，结果，却在董建连叹三口长气之后，变成了“要低调行事，千万不能暴露”的奉劝，琢磨起来还真有点像扇阴风点鬼火……

自从那天开打之后，高敏像只打了激素的斗鸡一样，不知疲倦地闹到了现在，闹得林心洁藏了，董建躲了，找不到敌人，于是就找闺蜜兴师问罪。所以，王可以几次想要解释，都被她那张一开骂就不见尸骸不痛快的嘴给堵了回去，一通抑扬顿挫，直接就把闺蜜上升到了当面笑脸、背后捅刀，从不利人、专门害人的高度。

结果，就把王可以给骂急了。

结果，就喷毒液了。

“面相八卦、性情毒辣，董建要没林心洁，活着还不如去死啊！”

话一出口，自己都被自己的恶毒给吓傻了。

果然，高敏足足愣了五分钟后，一言不发地走掉了。

王可以当时没追，事后又想追，谁知这时小裴经理一个心急火燎的电话，直接把她拽回了公司。路上还想忙完去找高敏，到了公司才知一个外贸单子出了一流水线的事故，吃公司、住公司地忙了三天后，忘了。

直到董建给她打来电话：“王可以，帮我。”

王可以见了董建，才知道高敏那天被她毒液喷射之后，生无可恋，居然拎着把菜刀冲进医院想要砍杀林心洁。结果众目睽睽之下被保安和民警直接给按在了地上，露了一只奶、半个腚，姿势还难看至极。随后，进了拘留所，也是三天。

董建要王可以帮忙，是不敢自己一个人去接高敏。

王可以心情比董建还急，是因为一肚子的负罪感需要忏悔。这一路，王可以下定决心任打任骂，哪怕自我践踏降格为狗，也要博得高敏的原谅。

谁知见到高敏，对方却是从没可能做到过的冷若冰霜。

“绝交吧，就当从没认识过。”高敏清清冷冷地说了一句，绝尘而去。

甩下个王可以，想哭哭不出来，就觉得整个世界，忽然清清冷冷。

于是，王可以意识到，自己这次，真的失去她了。

闺蜜，真是人类社会最为复杂的一种关系：要么相互嫌弃、左右插刀；要么防火、防盗、相互提防。烦的时候总想一巴掌拍死还要拍死到出屎，但真的失去，就发现整个世界，都黯淡了……

于是，世界黯淡的王可以决定变死狗，关掉手机、缩在家里、弹尽粮绝也不出门，直到活活饿死，最终被发现时一具枯骨。

但可悲的是，老天没给机会，就在她离饿死还早的时候，魏强来了。见她一副文艺女青年的酸腐仪态，二话没说，拎出门、塞上车，一脚油门百公里外，进了个山清水秀农家乐。

空气清新了，月亮出来了。

于是，满天星下诉委屈，从高敏到前夫，从友情到爱情，从理想到人生，说得声泪俱下凄凄惨惨，心情却是装都装不出来的逐步见好。

抬头,天见白了;低头,一地纸巾。

于是,带着中国游客的背德感,溜回房间,特别踏实地睡了。

再起来,魏强的屋里没了人,就在桌上留了张纸条,“等我”。

再睡,再起,魏强回来了,云淡风轻地说了句:“董建和高敏那事儿解决了,结果还算可以。”

事后经董建描述:魏强留“等我”纸条的那天,是回城里组了个局,让董建、高敏、林心洁坐到了一起,然后以他能把活人说死的三寸不烂之舌,对正想去董建单位大闹的高敏危言耸听了一整套因果贯连的利害关系。话,说给高敏,让听的,却是林心洁。

于是,这个聪明女人道了歉、保了证,从此退出。

事儿,解决了,但心里头,魏强并不舒服,就觉得没了林心洁的董建,生活从此将死水一潭。

映着月亮,飘扬着细发,他有些伤感地对王可以说:“就像你和前夫,很多婚姻,都像是阴差阳错。”

这话,深了,当时王可以这么想,觉得自己开始欣赏他了……

第十四章

人，要不知道在华丽时转身，就会变成蹬鼻子上脸，魏强就是这样。

山清水秀农家乐的那一遭后，王可以发现自己，时不时会去揣摩这个男人了，怀疑魏强其实有很多优质，是被自己下意识地忽略掉了。或许是因为凸起的肚腩、微秃脑壳上细发飘扬；也或许就是自己不愿意接受，自己其实跟他是同龄人。于是保护童颜翘臀伪青春的潜意识，就把他往猥琐大叔上推了……

所以，王可以开始对魏强感到有些愧疚了。有了愧疚感，就有了探究心，而对一个已婚男人有探究心，是需要给自己理由的。于是，王可以觉得他既拥有在法庭上把活人说死的冷血，又不乏对董建婚外事件的那种感性纠结，颇具魔性。

魏强在王可以心中上升到了魔性的境界，多好，可偏偏……唉……

这天下班，大姨妈忽然造访，而且来势汹汹。

顾不上去老妈那里蹭饭，王可以急急回家换裤子。换到一半，不开眼的门铃响了，手忙脚乱到了门边。

“谁啊？”

“隔壁小王。”

“害人精，你还好意思进我这门啊？”

“我有八卦，想不想听？”

“没工夫！”

“魏强的。”

“哐当”，门就开了。

听了小王眉飞色舞一通描述，王可以惊悚得知，魏强以莫须有的名分，私下去找了趟小王……

一天下午，魏强敲开了小王的门。

然后是标准的法庭腔：“小王你好，我是魏强，可以进屋聊聊吗？”

当时小王没认出他，但随后，穿堂风就让细发飞扬了。于是小王的脑海里当即闪回出床上“船篷”下的那个微秃脑壳，顿时恶向胆边生。

“哦——魏律师。”

“嗯,是我。”

“律师有钱。”

“呃,还行。”

“换个好地方聊。”

一小时后,小王领着魏强到了一个不带上个十万块的卡,都没胆儿进门的豪华游轮餐厅:歌手,美国的;乐队,英国的;服务,一色儿的西班牙女郎,女仆装,丁字裤,臀沟上面还有兔尾巴。

于是,在满满一桌杏仁鳕鱼、惠灵顿牛排、法国5A级鹅肝、卜艮第香草汁焗蜗牛、博古斯海皇塔配鹅肝油松露酱、戛纳顶级鱼子酱配西红柿炒鸡蛋和迎着海风狼吞虎咽的小王面前,魏强,无比不合时宜地说起了无比不合时宜的话题。

“我跟王可以是小学同学……”

“嗯。”

“我们青梅竹马……”

“嗯嗯。”

“所以我希望……”

“嗯嗯嗯。”

其实是没天聊,魏强偏偏还要聊,严肃认真地辩证了年龄差距过大的姐弟恋,从生理到心理的客观矛盾;又以过来人的姿态,列举了年龄差距过大的姐弟恋,将要面对的家庭、族群以及社会压力;最后还危言耸听了高龄产妇的风险性,主体基本可归纳为他俩配对,天理难容……

于是,小王脸红了。

于是,魏强就觉得征服他了:“小王,也说说你的想法。”

谁想小王脸红,纯粹就是喝嗨了:“哥,帮我点个小姐呗。”

结果,小王看到了他生无可恋的样子……

“什么?你们竟然找小姐?”王可以急了。

“别逗了,透支30万的卡才5万多饭钱就刷爆了,他哪还有钱点小姐?”小王一脸的奸臣模样:“否则我怎么忍心出卖他?”

“滚!”

赶走小王,王可以满肚子的恼火:魏强这厮也太自以为是了吧?他算我的谁啊?当自己谁呢?给他好脸了是吧?!

正喷着粗气转磨呢,门铃又响。

“谁啊!”

“前夫天昊。”

“神经病，你吃了蜜啦想进我这门？”

“我有八卦，想不想听？”

“没工夫！”

“魏强的。”

“哐当”，门就又开了。

听了吴天昊眉飞色舞一通描述，王可以又惊悚得知，魏强头天找了小王，第二天又找了他，还是以莫须有的名分……

鉴于吴天昊与王可以剪不断理还乱的复杂情感，魏强对于这次会晤是如临大敌的：为了宣誓主权，特意穿上了王可以给他买的那身 Dior 西服；为了有震慑感，特意把会晤地点约在了那家不带上个十万块的卡，都没胆儿进门的豪华游轮餐厅；当然，为了控制成本，他早到十五分钟点了菜，把消费压缩在了两万以内。

结果左等右等不见人，最后只等到了一个电话，才知天昊因为衣冠不整，被餐厅拒绝进入了，于是应他要求换地儿。上了桌的菜想打包，又怕被天昊看到没面子，只能凄凄惨惨戚戚地刷了卡，凄凄惨惨戚戚地走了。

一小时后，照着对方发来的微信位置，来到了西城一个连车子都开不进去的小胡同。

那里，却有个极为不同凡响的烤串摊儿。

该摊有个极为不同凡响的特色，就是每天烤出来的味儿都不一样。该摊老板是东城的城管队长，白天抄来的烤串，晚上就回西城来摆。为了消减怨念，还允许被抄摊贩免费20串烤串一瓶啤酒。据所有被抄摊贩认证，此人手艺极佳。

所以江湖上风传此人抄摊不是出于权力，而是出于对烤串手艺的执念……

来这摊儿的食客有唱摇滚的、黑歌厅的、开车的、搬砖的，就是没有穿西装的。于是在吆五喝六的人群中，显得极为不合时宜的魏强，又坚强地说起了不合时宜的话题，但他忘了，今天面对的，是个高手！

“呃，我先说明我的来意……”

“不用不用，我知道，”天昊一个酒嗝儿就把他顶回去了，“唉……寻寻觅觅，冷冷清清，凄凄惨惨戚戚。乍暖还寒时候，最难将息。三杯两盏淡酒，怎敌他，晚来风急！”

魏强顿时脊梁骨发凉，就像午夜撞鬼，一阵寒意从头灌到了脚！

“黑格尔相信存在即是合理，爱情这东西本无对错，发生和结束也并不受人为掌控，但就如弗洛伊德所言，不能放任本我而失去自我的去自恋性求同和强制性求同，而芝诺，提倡杜绝欲望很重要，你可以为所需之物而努力，但仅限于此，因为所欲之物会带来纵欲，而纵欲除了自伤，毫无益处，”天昊到了不说人话的时候，是极其恐怖的，“亚里士多德说，世界上再好的人都存在，可能在各个年龄各个阶段都会对某个人怦然心动，但真正的爱情它是不需要费尽心机的，所以莎士比亚才会奉劝，老老实实最能打动人心，而你已经拥有一个完整世界，却让一只脚偏离这个世界试图跨进另一个世界，这种不公平所导致的不平衡终将又导致不健全的人格，无疑就是对自己、他人，以及社会的不负责任。”

被喷到这里，魏强已经冷汗连连，面如死灰了。

谁想，天昊忽然又自己驳斥了自己：“真正的爱足以摒弃肉体，又怎甘心拘泥于形式、规则和道德，它只需是灵魂的交流、精神的共鸣，就已足够。”

不说人话的牛×之处，就是让人类在完全听不懂的境地下，被压迫出一种近似于奴性的敬畏与膜拜。

于是魏强功力全失：“其实，我只是想找你吃个饭……”

低头一看，Dior 西服还被火星燎一个洞，生无可恋……

“我靠！是我给他买的 Dior！”

“我靠！你怎么从来没给我买过 Dior。”

“废话！那时候穷啊！”

“少来！你们就是有奸情！”

“滚！”

赶走天昊之后，王可以简直是火冒三丈，当即拨通魏强电话，一个贯口儿在他伤口上加了二百斤盐：你找这个找那个，你是知心姐姐还是妇女之友？朝阳群众给你胆儿了，还是西城大妈鼓噪你了？八卦到了又燎衣服又烧钱，自我膨胀到管我的事儿，你算我谁啊？！

最后，直接一剑封喉：“从今往后，滚出我的世界！”

第十五章

这晚,王可以正在狂练蜜桃臀,董建忽然来电:“情何以堪、情何以堪啊……”

高敏,肯定是高敏又开闹了。

王可以顾不上沐浴更衣,直奔董建的微信位置驱车而去,从柏油路到水泥路到砂土路,越走越黑,越走越心慌。最后,跨海大桥的桥墩下,看到一辆黑色房车,场景像极了黑社会要把仇家沉海的那种。

“一切都要隐秘。”这是见到董建后,他的第一句话。

还是政商领导标配的翻领夹克汇领带,但政商领导董建的面相,却有了一种地下工作者式的鸡贼皱,目光,像朝阳群众一样过敏闪烁。这才多久没见?

“你又出轨了?”

“你这是侮辱我,王可以。”

“高敏虐待你了？”

“没有……可是……”

这一切，要从魏强组局、摆平出轨事件的那天开始说起。

据董建描述，是从那一刻起，高敏变了个人。

当日回家路上，董建痛定思痛，认为林心洁已经翻页，婚姻的继续且持续，还是大局。所以一进家门，就做了一个时长近俩小时、声情并茂而且声泪俱下的自我批评。

结果高敏一脸木然没眨眼，没眨眼，没眨眼！

董建慌了，就试图转移话题。

结果，三分钟后高敏忽然灵魂回体：我，饿了！

十斤小龙虾进肚后，高敏打着饱嗝儿回了卧室，一个反锁把魏强堵在了外头。

接下去几天，高敏足不出卧室，不吵不闹不搭理人，跟手提电脑连了体。

一开始，这种平静让董建有种被大赦的轻松感，可时间一长，就觉得哪里不对劲儿，有些慌了。交流、讨好、邀看电影，对方根本不理会，视他为无物。

这真是，出大问题了！

什么问题？高敏不说，那就来阴的，偷偷在家装了针孔摄像头。

经办公室监视，高敏一旦与电脑连体，就像鬼上了身，不吃不喝，神采飞扬。

问题在电脑里！是什么？继续来阴的，装了个黑客软件跟自己的连机。

经办公室监察，高敏正沉迷于各种听名字就很诡异的网络交友圈：“SM 换妻俱乐部”，我靠！“多维空间探索”，纳尼？“佛教放生群”，乖乖！“基督嚎叫派”，你妹的！“濒死体验圈”，作死啊……

够惊悚吧？惊悚的还在后头：没多久，诡异社交从线上发展到了线下！

这，就吓人了。

怎么办，跟踪！

先是发现高敏添了一怪癖，不停地逛商场不停地买衣服，买完了不撕标签，第二天又拿回去退，反复折腾，害的好几个商场的导购被炒了鱿鱼。

随后，又发现那些个社交群，广告与内涵基本脱节，完全把不到脉：“SM 换妻俱乐部”，结果是跳广场舞；“多维空间探索”，结果凑一块儿就玩笔仙请碟仙；“基督嚎叫派”，纯属家庭妇女 KTV；“濒死体验圈”，就是一帮没体力的货还偏偏爱好户外运动；“佛教放生群”算是最让人放心吧，结果某天警方要求家属领人，到了派出所才知道，这些家伙把毒蛇放生在人家农田里……

董建很害怕,后果很严重,他越陷越深地染上了侦查瘾!

董建在单位里是背锅侠,压力本来就大,现在又兼职狗仔,基本上就累崩溃了,更崩溃的是,高敏还推陈出新,没多久,开始袒胸露背混迹于专搞一夜情的酒吧了。

这,就过分了!

于是,董建决定进行干预。结果发现,高敏已从各大精神传销群里吸收了无数的心灵鸡汤为营养,变得很有理论性了。

她说:“即便夫妻,双方的灵魂也是自由的,我要像王可以一样,做我自己!”

王可以都躺枪了,董建就没辙了。

本以为高敏就是冷战战嗨了,倚靠时间这把杀猪刀,总能慢慢调适。所以,董建就妥协地放手了一段时间。谁想这一放手,情节很快就发展到高潮了。

某晚开会,董建的手机定位显示,高敏正在接近某酒店!

这就吓人了,因为开会前董建就知道,高敏又去了一夜情酒吧,那么,一夜情酒吧到酒店,中间发生了什么?之后要发生什么?可想而知!

可以在路上

人生没有固定的轨迹可循，永远听从自己内心深处的声音，努力活成自己想要的样子：不骄傲、不卑微、不造作、不沉闷、不虚伪、不强求……

可以在路上

这辈子要为自己喜欢的事奋斗，为自己喜欢的人努力，

把人生过得精彩而快乐！

于是,董建谎称闹肚子,甩下了各大领导以及政敌,杀去了那家酒店。

结果,正见高敏被一男人搀扶进了大堂,心急火燎停好车,心急火燎追进大堂,俩人却找不到了,问服务生,服务生竟说为客户保密,拒绝暴露开房情况!

“那是我老婆!”据说董建当时的吼声直接就把保密妹子给吓蒙了。

回想高敏被那男人搀扶进大堂的样子,似乎脚步漂浮,重心飘忽,这很可能就是一夜情酒吧的另一种典型现象:“捡尸”。

“捡尸”,并不是真的捡尸,而是说有很多猥琐分子,专捡喝多了的落单女性带去酒店,乘其神志不清进行猥亵,事后溜之大吉……

所以之后,吓蒙了的妹子当即给董建调了监控,正见某楼层,那男人拖着高敏在楼道里走,而高敏,正呈现出一种完全任人摆布的、失去意识的状态!

这比“捡尸”更可怕,这是一夜情酒吧最恐怖的一种典型现象:有更猥琐分子,在跟落单女性聊天时,乘其不备在饮料中下药,迷翻对方后,带进酒店进行猥亵,甚至还有偷肾的传说……

紧接着,监视器里可见,那男子把高敏带到了某房间门外，为了腾出手开门，暂时将她靠墙放坐下来。只见高敏头歪身子软，显然，就是被迷翻了的模样！

谁想，董建正要带着更吓蒙了的妹子奔去解救，奇迹却出现了。

那男人，打开了门，结果，一头栽倒在地，然后，就一动不再动了……

事后经高敏眼睛一眨不眨地描述，董建才知道了奇迹出现的原委：

原来高敏去一夜情酒吧，就是为了测试自己对男人的吸引力，并没想真的发生些什么，所以，她对传说中真的发生了什么的几种典型，事先是有准备的。当晚，那男人过来搭讪，越聊越暧昧，为了预防意外，她就给对方下了药，没想到预防得恰到好处，对方，果然偷偷给她下了药。

对方的药，是立刻见效型，意识涣散，当时就软，但软得还有一点点力气。

高敏的药，见效过程慢，但药力霸道，所以一倒，没十六个小时起不来。

于是，那男人把她带到酒店后，奇迹就这么出现了……

惊心动魄之后，董建真的崩溃了："高敏，你到底要我怎样，才肯原谅我？"

“我没要你怎样啊,我就是觉得,我是不是不行了……”高敏回答得很迷惘。

情何以堪,情何以堪……

对高敏的现状,王可以除了叹气,也没别的办法,其实董建也知道她没办法,叫她出来,也就是情何以堪地倾诉一下而已。或许,这种情况,也只能依靠时间这把杀猪刀了吧。

但时间这把杀猪刀,有点钝……

第十六章

“狼来了”的故事之所以被收进教科书，是因为它绝对有教科书意义！

自从“双下药”事件后，高敏虽然依旧寂寞孤独冷，但终归踏实了不少。

所以，董建就相信时间这把杀猪刀是有依靠的；所以，上峰派遣他去新疆出差，就没拒绝——其实他也拒绝不了，这种谁也不愿出的差，都归背锅侠出，美其名曰还是领导带头作用。

好在，高敏也没反对。

但后来才明白，高敏也没不反对……

于是，董建头天坐了几小时飞机，第二天坐了十几小时长途汽车，隔天又搭乘了几小时驴车，怀揣着被拐卖以及被拐卖后怎么办的臆想，来到某县城的这家合作社时，酥油奶茶还没喝上一口，高敏的微信来了："我都这样了，你还不管不顾去出差，婚姻凄冷如斯，我还是去死吧。"

看到这段略带文艺范儿的微信，董建就有些毛了，打过去电话，还不接，只好求助王可以："可以，可不可以在我立刻返回所需的八十小时内，给顶一下……"

但接到董建转发的文艺范微信后，王可以却犯了经验主义错误，觉得高敏平均每年"去死"十二回，回回都是狼来了，加上公司正在遭遇工商、消防、计划生育联合检查，所以，未加重视，就想忙完了再说。

谁想，这回，狼真的来了！

电话，居然还是林心洁打来的："可以，可不可以来一下，高敏自杀了。"

赶到医院，半死不活的高敏正"哇啦啦"在洗胃，手腕缠着带血的纱布，脖颈上紫色勒痕触目惊心——服毒、割腕、上吊三合一，这是多大执念要去死啊！

据目击者描述：当时赖躺家中的高敏上了一个自杀视频聊天室，看着一帮无聊网友讨论哪种死法最不痛苦，觉得纸上谈兵太小儿科。结果，就在大家的鼓噪之下，把对爱情婚姻以及人性的心灰意冷放大到了最大之后，寂寞孤独冷地打开了天然气阀门，结果，没啥反应；架不住起哄，又试着上吊，结果，吊扇灯不堪承重，把她给摔了；抄起茶几上的水果刀割腕，谁想刀还不够锋利……众目睽睽，都是嘲笑。士可杀、不可辱，于是，高敏血脉偾张地从卫生间拎出一桶洗衣液，“咕咚咕咚”灌下了肚！证明是来真的，网友们就惊了，后来就打110了……

“绝交之后，我居然没再关心她、爱护她，任由她凄冷如斯。”王可以向林心洁说着话时，眼泪鼻涕已经完全止不住了。

抹着因为极限内疚止不住的眼泪，忍着极限后怕憋不住的尿频，王可以在病床边守了整整一晚，终于看到高敏睁开眼了。可是人苏醒了，损伤的脑神经还在紊乱，发现主管护士长是林心洁后，怀疑昏沉乏力以及呕吐感等急救后反应，都是她下蛊导致，进而怀疑医生护士加护工，个个都是梦想制造人体蜈蚣的变态帮凶。纠结的是，医院为了维护自己的名声，偏还不肯把她转院了。

所以，王可以悲壮地对林心洁说：“你走，我来！”

谁想高敏一听这个，忽然就转了念头，坚决要求林心洁留下看护。这一转念，标志着脑神经的紊乱已经走向康复。

于是，林心洁诚惶诚恐就留下了。

于是，王可以就被请走了。

结果二十四小时没到，医院打来电话："林心洁护士长，失踪了。"

据邻床大妈描述，王可以走后，高敏就被琼瑶附体了：

起先，她对林心洁凄凄切切复铮铮地发表了这么一番讲话："我承认，我是无理取闹到走火入魔；我承认，我是小孩子脾气到无可救药；我最大的错误就是太专情、太脆弱；我不该去接那张免费的汗蒸券，不该贪便宜去体验，不该看见你和董建；因为那样的痛苦让我千疮百孔，那样的折磨让我遍体鳞伤；我也应该知道，若是我的，不用强留；不是我的，留也没用；可我就是做不到，做不到！因为我是那么的爱他，那么的在意他，你永远不会懂，你带给我的那种痛楚，撕心裂肺，让我的心，四分五裂……"

林心洁即便已是过去式，也抵挡不住直刺感官的琼瑶式，这下子，内疚得直想跪。于是乎，喂汤喂药，端屎端尿，忙得像条丧家之犬，最后，听到她说有事相求，竟是泪如泉涌，感恩得像个被临幸的奴才。

高敏说："你欠我的吧？"

林心洁："嗯嗯，我错了。"

"你很内疚吧？"

"嗯嗯，我该死。"

"不，是我没有活在人世的理由，帮我死吧。"

…………

结果，林心洁就彻底失踪了，音讯全无，后来警方查到当天直飞大马士革的航班记录，估计是去中东了。

所以，在所有护士集体罢工的大环境下，王可以义不容辞承担起来看护任务！

谁知，高敏又被琼瑶附体了。

她凄凄切切复铮铮地说："我承认，我是无理取闹到走火入魔；我承认，我是小孩子脾气到无可救药，因为我以为有个董建那样的好丈夫，有个你这样的好闺蜜，我可以任性，可以无理取闹，可以小孩子脾气。唉，我真是好天真好天真，我竟然奢求你对我，会像我对你那样透明，谁知道，我最信赖的你，却对我隐瞒我最在乎的事，我千疮百孔、遍体鳞伤，换来的却是你最恶毒的谩骂，知道你带给我的那种痛楚吗？让我的心，四分五裂……"

王可以即便觉得自己没那么坏，也抵挡不住直刺感官的琼瑶式，这下子，内疚得直想跪。于是乎，喂汤喂药，端屎端尿，忙得像条丧家之犬，最后听到她说有事相求，竟是泪如泉涌，感恩得像个被临幸的奴才。

"你欠我的吧？"

"嗯嗯，我错了。"

"你很内疚吧？"

“嗯嗯，我该死。”

“不，是我没有活在人世的理由，帮我死吧。”

结果，王可以满肚子的负疚就像张无忌的真气，爆炸了：“我去死——”

于是，一把抓起床头柜上的医用酒精，整瓶倒进了肚子！

洗完胃，王可以凄凄切切复铮铮成了病友，高敏的琼瑶就下线了，打开手提电脑，进各种群，重启人生。

直到董建回来，又办完了出差逃逸的各项处分手续，凄凄切切复铮铮地接她出院。

几天工夫，高敏加入了一个兜售荧光剂严重超标的面膜的传销群，并成功地把王可以发展成了下线。

后来得知，发展成下线的还有邻床大妈、两名护士、一名实习女大夫……

第十七章

这天，毛毛一直躁动不安，咬笼子、揉蛋蛋、上蹿下跳吱哇乱叫，王可以本能就预感这种现象跟魏强存在着某种关联。

于是，忽然发现自己居然有点儿想他。

结果，傍晚，魏强来电，不接；又来电，再不接；再来电，于是接了，但完全不是想象中的求和，而是直刺灵魂地给了一个噩耗：吴天昊，涉嫌藏毒被抓了！

十万火急赶到派出所，得知情况如下：

昨晚，警察接到群众举报，说是有人在吴天昊的住所里聚众吸毒，扑过去时人已跑，满地狼藉。刚从屋里搜出一包白粉儿，喝醉酒的天昊飘飘地回来了，于是当场就被拷了。艺术家遭遇国家机器，那是相当的有出息，尿了裤子之后神智失常，话都说不出一句，浑浑噩噩到第二天，忽然大脑跳线，学着港片情节要见律师，结果，连警察都不相信这货还有律师；结果，就无比轻敌地按他给的号码打了电话；结果，无比后悔地看到魏强律师十五分钟后出现了……

吴天昊的住所，是城郊一个旧厂房改造的，狐朋狗友骨肉皮们都把那里当公共厕所，说去就去说走就走，玩玩乐器搞搞群P。王可以早就觉得会出事儿，果不其然还出了大事儿。听完魏律师叙述，已是气冲斗牛、肾上腺素充顶，在民警们众目睽睽之下，奔上轿车，一脚油门轰了个漂移，严重超速地冲出了派出所，扬尘之中，飘荡着她的怒吼："这帮人渣——"

女人遇到事儿，从来不讲理智，完全跟着情绪走。王可以现在的情绪，就是要打人！要打人！打死带坏天昊的那帮人！

一路狂飙奔到天昊住所，一帮骨肉皮们正聚集在现场叽叽喳喳，唏嘘着天昊的事儿，编辑着想象的情节，自嗨得不行。

于是，王可以急刹了车，从后备箱里拎出健身用的哑铃，杀人狂一样就冲进了阵里，吓得骨肉皮们吱哇乱叫满场乱跑。

最后，逮了个穿高跟鞋跑不快的。

结果，这娘儿们直接就给吓哭了。

“又不是我们吸毒呜呜……是那些家伙吸毒呜呜……我们就是陪炮儿的呜呜……妹妹你别杀我们呜呜……”

“叫谁妹妹呢?!姐叫王可以!以后再敢陪炮儿,见一次打一次!”

“那些家伙”指的是玩儿地下摇滚的那些家伙。

于是,按照那娘儿们指的路线,十五分钟后,王可以一手拎着哑铃,一手握着块杠铃片儿扑进了一家酒吧。头眼就看到穿着铆钉皮坎肩的光头胖子在抽烟!王可以之前在天昊那儿见过这胖子,所以,直接就拍了一杠铃片儿。结果,胖子“吱哇”一叫,满酒吧都惊动了。于是,挂狗链儿的、文大花臂的、杀马特长发的,“呼啦啦”围来了一圈!

这一下,王可以就害怕了,心想这下完了,肯定要被奸了就杀、杀了又奸、又奸完了再分尸的结局了。于是,抡着哑铃和杠铃片儿虚张声势了一下,转身就想跑。谁想这一转身,一左臂青龙右胳膊白虎的青年就猛地跟她照了面,就猛地以为要挨拍,吓得掉头就跑,结果左脚绊了右脚,摔了!

俗话说见了尿人压不住火,他这一摔,摔出了王可以自信爆棚。于是,左哑铃、右杠铃片儿,“噼里啪啦”拍倒一片!

话说这帮摇滚青年,看着一个比一个像流氓,其实谁也不是真流氓，平日里熬夜喝酒泡妞，体质极差，战斗力基本为零。所以，遇见这么个女流氓，基本就是屁滚尿流、抱头鼠窜。

于是，女流氓王可以嗨了："记住咯！姐叫王可以，谁再祸害吴天昊，见一次打一次！"

一晚上打两场，王可以算是打出精气神儿了，呼呼睡了一晚，醒来后就觉得不对了：打了人，出了气，可对天昊的事，能有什么帮助呢？

于是，就想再去派出所问问情况。

于是，打扮成良家妇女的样子，下了地库取了车，结果，被围了！

围她的，是昨晚被拍了的那帮摇滚青年，在他们身前，还有个中式短褂、手捻蜜蜡佛珠的老炮。从摇滚青年们叫嚣的内容和气场可以得知，这老炮，打过群架捅过刀、毁过妹子坐过牢，是个如假包换的真流氓！

这下王可以是真害怕了，看着对方一步步逼近过来，心一横、眼一闭，拉开车门拎出哑铃，想也不想就扪在了老炮脸上。结果，老炮喷着鼻血倒了地，哭了："你这女人也忒狠了呜呜呜……要你赔个礼道个歉怎么了呜呜呜……直接就往死里打呀呜呜呜……我上有老下有小的你至于下黑手吗呜呜呜……"

王可以这下明白了，原来啊，多狠的老炮，成了家有了娃儿，就不可能再是“炮”了。原来吧，摇滚青年们请他出山，也不是为了奸了又杀，就想让她赔礼道歉挽回点儿颜面。

结果，落到这般田地，真的尴尬了。

看着摇滚青年们手忙脚乱把老炮往医院送，王可以也怕哑铃底下出人命，惶惶恐恐跟去了。

结果，还算好，老炮就是断了鼻梁。

可不好的是：老炮的妈，来了！

南城崔妈，是个响当当的名号，据说从事碰瓷事业十余年之久，从无败迹，是碰瓷界唯一肢体健全，还在北上广买了房的高手中的高手！

随后，套路来了：南城崔妈先是骂骂咧咧，让目标客户精神无法集中；然后推推搡搡，迫使目标客户不慎还手；眼见着，王可以面红耳赤被激怒了；接下去，就该动手还击着了道了！谁想，就在南城崔妈想要倒下的时候，王可以忽然“咕咚”一声倒下了，倒下了还不算，还口吐白沫满地打滚。结果，把急诊室的大夫全惊出来了；结果，就不要脸地躺上担架，不要脸地接受全身检查去了；结果，查不出身体有啥异样，就诊断是精神刺激型，需要持续观察。

精神刺激型——那就是说没就没、说有就有，持续观察，相比老炮的鼻梁骨折，那就算是无底洞了！王可以这一滚，滚出了碰瓷界的最高境界，之后，南城崔妈赔了医药费，还倒给了两千块钱，哭天抹泪求放过。

“姐是老司机……”最后，王可以牛×烘烘上了车，一脚油门绝尘而去！

可亢奋过后，一片死寂，派出所对吴天昊的案子，始终保持缄默。

派出所保持缄默，王可以就无措了，女人一无措吧，也不讲理智只有情绪，在臆想了无数种袭击派出所最后英勇就义的故事后，颓废在家玩儿伤感了。

伤感到极限，就想放纵。

于是，王可以忽然就理解高敏夜混酒吧直播自杀的那种快感了，好在这时魏强又打来电话，云淡风轻地说：“事儿解决了，放踏实吧。”

十五分钟后，王可以的车在民警们众目睽睽之下，严重超速进了派出所。

一报名字，民警们全都惊了：“你，就是街头新霸可以姐？”

原来，王可以又打人又碰瓷儿，居然就在江湖上混出了一个名号“可以姐”！

好吧，说魏强吧——自从天昊说魏强是他律师之后，魏律师就对案子展开了调查，首先是找那帮摇滚青年，于是，就对案情有了大致的了解，当时的情景如下：

“你好，我是吴天昊的律师。”

“律师？律师算个屁啊！我们啥都不知道！”

“哦，我的委托人，还有吴天昊的前妻王可以。”

“可以姐?！你这也忒狠了吧?！”

“我就是了解些情况。”

“我说我说……”

了解的情况如下：那日傍晚，吉他手老九和鼓手雷子搞了包白粉儿去找天昊“尝鲜”。结果，天昊没在住所，就自嗨了；结果，邻居路过发现，就举报了；谁想这俩因为头次吸毒，吐了一地，身体难受就走了，还把那包白粉儿给落下了；结果，巧了，俩人前脚走，警察后脚就到；警察前脚发现白粉儿，天昊后脚就回住处，倒霉催的就被逮了……

这个剧情，显示天昊没吸毒也没藏毒，但要证实，就待找到老九和雷子。

结果，“可以姐”有正用途也有负用途。酒吧打人当时，这俩没在，随后听说其他人都被打了，心想早晚得打到他们，于是，恐惧之下，连夜打了“飞的”逃到海南。这一来，魏律师办案的成本就大了，动关系，调警力，都得自掏腰包。

好在两天时间逮到了人，否则，职业生涯中就得多出一条倒贴钱还赔名声的记录来。

最后，吴天昊还了清白回了家，至于律师费，他想都没想过。

所以，王可以得提钱，结果就被拒绝了："嗨，就是帮你个忙，啥钱不钱的。"

"为什么帮我？"

"头回感觉你那么无助和孤单。"

然后魏强云淡风轻走掉了，然后王可以觉得，自己有些埋挺深的东西，被这厮给挖出来了……

第十八章

五年前一个电闪雷鸣的夜晚，一名美丽的女子生命走到了尽头。此后，她的丈夫为了悼念亡妻，在远郊的丘陵地区建了一座山庄，取名“情花谷”。相传每逢亡妻祭日，成千上万的蝴蝶盘旋于山庄之中，经久不愿离去……

这是吴天昊恢复自由的第三天，老妈在电话里跟王可以讲的故事。

这个故事，来自于超市门口发的小广告。从电话里颤抖的声音可以感受到，老妈当时必然是眼含热泪、心怜苍生的。所以，当老妈不容置疑地说出“人间有真爱，我要去看看”这几个字后，本打算约了天昊设宴答谢魏强的王可以，根本没有拒绝的可能性。

于是，去了。

结果，所谓的“情花谷”山庄，其实就是一农家乐。山脚下包了块地，搞片绿植种点蔬菜，挖个鱼塘养些禽畜，概念是“绿色”，农药也不少打，蝴蝶没见一个，蚊子倒是防不胜防。但老妈就是老妈，烤着至少冰冻了三年的羊腿，心里失落，嘴上也得是正能量：“还好，还好，至少朴素自然接地气。”

听到正能量的话，老板也就敢露面了：“贵客、贵客，吃好，喝好。”

这声音咋那么熟？定睛一看，中式短褂、手捻蜜蜡佛珠的老炮正带着浮夸的笑容走来，鼻梁上还包裹着纱布！

我天！赶紧系鞋带！

随后，听到一声浮夸的惊呼：“何老师?！”

啊？还是老妈的学生？

结果，一抬脸，老炮又一声听着浮夸但其实很走心的惊呼：“可以姐?！”

于是老妈的“教导主任脸”瞬间闪现：“你们——认识？”

“嘎啦啦！”王可以把指节按了一排脆响。

王可以的威胁虽然透着杀气，但教导主任的问话绝不能不回，否则，接下去会是一连串把人逼到绝望的追问，这一点，老妈的学生都清楚。

所以，老炮紧接着就编出了一个骇人听闻的故事：吴天昊，被奸人所害，蒙受藏毒之冤；王可以，为前夫打抱不平，结果被流氓团团围攻；危难之际，恰好路过的他，见义勇为与歹徒搏斗，凭着多年太极内功的底子，最终强忍着鼻梁骨被打断的剧痛，救走了王可以。但江湖之事，多为以讹传讹，搏斗的虽然是他，扬名的却是王可以，在目击者到传说者的几番演绎之后，“可以姐”的名号居然一飞冲天……

“哦，是这样。”老妈回应老炮的时候慈眉善目，但王可以明白，灾难来了。

果然，回家之后一连串把人逼到绝望的追问：

1.吴天昊到底有没有吸毒？

2.吴天昊最后被释放，真的是被冤枉，还是你们钻了法律的空子。

3.为什么这些问题你都能帮他回答，你对他的生活了解到每一个细节吗？

4.你为什么如此了解对他的生活，难道你对他还藕断丝连心存幻想吗？

5.…………

对抗，是没希望的。

所以王可以只能指天发誓：我要对吴天昊还有幻想，我就天打五雷轰！

以为发毒誓就能从三十年政工经验的老妈面前蒙混过关，王可以太年轻了！

三天平静之后，王可以嘚嘚瑟瑟约了天昊设宴答谢魏强，菜还没上齐全，老妈就来了电话：“王可以，接下来你会很忙。”

“忙什么？啊？相亲?！”

对，相亲！只有相上新伴侣，才能彻底灭绝对旧人的幻念！

所以世上最可怕的事，莫过于隐私被八卦，比世上最可怕的事可怕一万倍的事，莫过于让老妈知道了被八卦的隐私……

仗着前教导主任的身份，老妈从学校里拷贝了早几届学生的名册。在密集组织摸底排查后，筛选出了一个连的相亲对象，条件基本如下：男性，正能量，单身、丧偶或是以女方过错为前提的离异。

结果，王可以头一个相亲的，居然是那个老炮、老炮、老炮！

老炮名叫高志翔，比王可以高两届。当年在学校是个调皮捣蛋的主儿，到了社会也是个不务正业的货，后来跟人去海南“发财”，三年后赔掉了裤子回来。但为了江湖面子，他把这段历史修改成了打架斗殴判三年。结果，这段“洗心革面的经历”感动了一近郊农民的女儿，嫁了，带着三百万拆迁款。谁知天嫉拆迁户，没几年死了。之后，高志翔就用这三百万起家，吃喝玩乐之余，包了块地开了个农家乐。由于爱穿中式褂衫，还倒腾文玩字画，被乡政府捧为了响应号召、推广中国传统文化的先进企业家典型——就是这个“先进典型”所散发的正能量光环，让老妈将他在学校时收男同学保护费、揪女同学小辫儿、炮仗炸茅坑等种种劣迹，归总成了一个逻辑：淘气的孩子有出息！

王可以看到老炮后的第一个念头，就是抄哑铃，弄死他！

可没想，老炮开口第一句话，就把她给震晕了：“王可以，迫于何老师的淫威，我陪你走个过场！”

“你——跟我是走过场？”

“我喜欢温婉如水的女性，可以姐，你就死了这条心吧！”

“嘿——”

王可以万万没有想到自己反被他给嫌弃了，象征性地共进晚餐过程中，忽然都不自信了，难道，自己真的已是明日黄花，不值钱到了这个地步？谁知，都自哀自怜到这地步了，老炮偏还不开眼，一会儿说她夹菜手势不优雅，一会儿嫌她喝汤出声音。结果，王可以被嫌弃得怒火中烧，差点就要掀桌子砸酒瓶了！

偏在这时，忽然一阵阴风撩过，搞得王可以一个激灵。

回头看，是魏强。

“魏强？你怎么在这儿？”

“路过，真巧。”

微微一笑飘过，带走了王可以所有的暴力欲。

相亲晚餐，和平结束……

带着一种证明自身价值的不良心态，之后，王可以不再抵触地连续会面了两名相亲对象：

第一位是个海归理科男，虽然就是个给超市做结账软件的程序员，却心怀高科技、满口大数据；虽然入不敷出导致老婆带着孩子跑路，却碎碎念着融资上市，叨叨着中国梦，搞得王可以无聊到直想自杀！

第二位，是一县级市的市委书记，约见地点，某包子铺的加盟店。该县级市，GDP基本造假，年轻人基本跑光，该市委书记却是一脸官威，对服务员的第一句话就是：“炒肝怎么这么黏稠啊？”

第二句话，自然是“群众觉得好，就好”。

不过鉴于前教导主任的淫威，该官员对王可以还是态度亲切、侃侃而谈的，侃侃而谈时间一长，嘴就放开了，心灵就自由了，于是炫耀出了他为本市构想的宣传片方案：让著名音乐人编一首类似“包子铺”风格的市歌，配上500个旗袍美女打着伞走在油菜花田里的美丽画面，黄暴的乡土气息，熏得王可以直想自杀。

但王可以两次都没最终自杀。

原因是，每次在她歹念丛生之时，都会忽然感觉一阵阴风撩过，然后，就会看到魏强恰巧路过……

第四个相亲对象，是某知名大学的一位教授，而且还是传说中的“公知”。谁想一聊开，王可以才明白他的主页是什么：他有两个公司，一个为绿色农业代言，炮制各种数据、案例，恶毒攻击转基因；一个为转基因农业正名，炮制各种阴谋论，耸言对方阵营、打击迫害，以此放大阵营对立，两头挣钱。

于是，王可以被他那张油亮亮的公知脸，直接就给恶心吐了。

谁想出了卫生间，又是一阵阴风撩过。

一转脸，果然又是魏强。

“魏强，你是不是跟踪我？”

“奇怪，我为什么要跟踪你？”

“管你是不是跟踪，快，帮我脱身。”

于是，王可以假装遇见了“躲避三年依旧被生擒”的债主，趁自己还没吐到公知身上，跟着魏强逃之夭夭。

回了家，上了床，反胃的感觉没了，王可以就琢磨开了：魏强，到底是不是在跟、踪、我？

第十九章

中国人只要有面道德的旗可举，什么烧杀掳掠的事都干得出来；中国家长只要用上“为你好”三个字，分分钟都能泯灭人性。

连续俩月，王可以轮回在“见面死”“被批判”“再见面死”“再被批判”的相亲任务里生无可恋，小宇宙终于爆发，决定去跟老妈撕逼了！

撕逼的过程设计如下：先伪装郁郁成疾，体弱见风倒的样子；然后在老妈不识趣地又提相亲之时，做受刺激状忽然爆发，以强打强、歇斯底里；当火候到了对战双方比拼飙泪的时候，忽然停止争吵，无比哀怨地甩出一条香奈儿披肩；然后无比哀怨，最好是哽咽地喊出一声：“我都这样了，还想着帮你抢限量版……”

按照中国式亲情的宿命，任何逻辑、理性以及三观，在这种物质体现“你在我心里”的必杀技面前，根本就没有存活的可能！

于是当日，在相亲餐快速灭杀掉一名卖豆腐发家的土豪之后，王可以迈着尽可能疲惫的步伐，天真地去了老妈家。

结果，儿子一开门，就觉得气氛不对了——新闻联播的声音，居然没有随着门开灌入双耳！

果然，老妈正盖着毯子斜躺在沙发上，脸色苍白，还不时地打几下摆子。

据一边伺候的老爸描述，她是因为女儿迟迟找不到归宿，郁郁成疾，导致体弱，晚饭后，风一吹，就倒下了……

没等王可以质疑，老妈就颤巍巍地从毯子里拿出一条香奈儿披肩，颤巍巍地说：“女儿啊，我都这样了，还想着帮你抢限量版呢……”

于是，王可以彻底被摆平。

第二天午餐时间，乖乖去相亲。

但谁也不要以为就没有反抗：离开公司前，王可以克服了自己注重形象的心理缺陷，专门画了一个仇家都不敢这么下手的血盆大口艳妆，换上一件从反面教材库里挑选的垫肩高过耳套装，还配了一双恨天高厚底鞋，那一副惨绝人寰的造型，连公司最没底线的马屁精都给嫌弃吐了！

没错,她就是要以最彻底的堕落,反抗最不容违逆的强权!

结果见到相亲对象,傻了。

这哥们儿简单形容,就是金城武。

而且这哥们儿她认识;而且不但认识,还有过一段难以描述的暧昧:

这哥们儿叫江亦儒,是名牙医。王可以在离婚后某个空虚寂寞冷的夜晚,误入门萨俱乐部网上论坛,并抱着做不出来就自杀的心态,奇迹般地完成了丧心病狂的入门试题,晋级成了会员。而闲逛论坛时第一个认识的,就是这位非著名牙医江亦儒——当时他正在跟人辩论,对方说正他就说反,对方说反他就说正,风格就是永远站在人类的对立面。但重要的是:每次他都能赢、都能赢、都能赢!

于是,对天才有病态执念的王可以,很快就认了老大,并将友谊从线上发展到了线下。随后,真实目睹金城武式的容貌,一颗怨妇的心,春风荡漾。

但这个缺德的世界有条缺德的定律,近似完美的事物总有其致命缺陷——当王可以体会到江亦儒对自己的好感从童颜翘臀深入到内在人格之后,却发现此人的人格魅力,实在是有些惊悚:床,除了睡觉时,容不得一丝褶皱;卫生间的毛巾,必须四角对齐不容一丝歪斜;更可怕是进屋必须换装、内裤必须消毒、被别人接触过皮肤必须用酒精棉球擦拭的洁癖，处处宣告着一种可远观不可亵玩的非人类高冷。

而王可以彻底放弃深化情感的初愿，是在一个红酒微醺，看似恰到好处的晚餐时间，对方秒懂了她接吻的暗示之后，竟表现出了一种欲言又止的恐慌。随后，支支吾吾提出了先刷牙的要求。

刷牙，也就忍了。

谁想刷完牙出来，居然看到这货在往嘴里铺保鲜膜、保鲜膜、保鲜膜！

所以，四十岁以上还是处男的，真的就远观吧，别亵玩了……

谁想到，又活久见了，而且江亦儒这次非常认真，他看着血盆大口黑眼圈、垫肩高过耳的王可以，强忍着呕吐感说："王可以，我想有个家。"

"为什么是我？"

"我跟你最接近过体液交换。"

听江亦儒对家的描述，就是男人白天上班挣钱，晚上……

好吧，晚上就算尽义务，女人白天也要挣钱，还要相夫教子，然后携手到老，坐着轮椅慢慢摇的那种教科书模式。教科书模式听别人说没感觉，听他一说，王可以立刻就有了一种无比悲凉的画面感，忽然就茅塞顿开了，她发现自己之所以不想再婚，或许就是不愿被拽进中年妇女的宿命，在现实、琐碎和按部就班中被教科书了。

江亦儒是个从小到大被各种教科书洗脑的人，而且他的超强逻辑性，会为洗脑的定义形成坚不可破的堡垒。所以，劝说绝对是无效的。

但问题是，他帅！

所以，王可以被激发出了圣母情怀，决定拯救他！

拯救行动的核心，是浓缩展现与婚姻有关的现实问题，让他在真实的体验中，重新思考“婚姻是否人类唯一归宿”这个哲学问题后，要么在大彻大悟后大俗大雅，拥抱吃喝拉撒、柴米油盐酱醋茶等所有教科书以外的两性世界；要么嫌弃地与王可以说分手，并从此放过天下妇女。

这需要一个过程，但正好能给老妈营造一个她已有了固定的、以配偶为目标的交往行为的假象，躲去接二连三被介绍的麻烦，在最终被甩（这个概率更大）后表演伤心欲绝高敏式割腕，彻底震慑老妈，让世界归于清静。

拯救行动的第一步，是约逛商场，全面展示女性可以长达数小时盘旋在一个内裤柜台享受选择困难症的可怕特质，他要买，就拒绝；他不买，就生气。几次下来江亦儒便烦不胜烦，一说“逛”字就冒冷汗。

第二步，是借公司办理慈善事务之机，约他同去民政局，并“误经”离婚窗口，让他亲眼看到离婚夫妇当众恶斗的场面，托福于离婚即仇敌的民俗特色，那种以相互爆料各种隐私、放大各种过错为武器的战争场面，直接就把江亦儒看傻眼了。

第三步，当数必杀技，王可以费尽气力在朋友圈中挖掘出一个换妻俱乐部成员，并百般讨好获取了参观机会。于是，在那激动人心的一夜之后，“婚姻无聊到了需要各种邪趣手段来维系”的惊悚论调，直接就把江亦儒整废了。

“我要重新思考一下，别理我。”这是江亦儒临走前说的唯一一句话。

看着他哀然远去，王可以心想：他再来电话时，应该就了然于红尘万事了吧。

一个星期后，王可以等到了他的电话。

“王可以，你这个绿茶婊！”然后，挂了。

回拨过去打不通，应该是被拉黑了……我靠！

经过几天的侦破，王可以还原了事情真相：居然，是魏强！

王可以没猜错，从那次答谢宴听到老妈逼相亲的电话之后,魏强就一直在跟踪她。前几个无伤大雅,没当回事。但江亦儒的出现,尤其是出现后还跟王可以展开持续性交往,就让他紧张了。

于是,假借看牙前去探风。

律师式的套话,很快就让江亦儒道出了所有经历。

这些经历证明王可以是在毁事, 本是应该放心的,但问题是,江亦儒他帅啊!

所以,为了杜绝后患,就以夸赞王可以为武器,表达真实的王可以与展示的王可以完全不同为主题,完成了让对方发现王可以在欺骗他的终极目的。

于是,有了那个电话:“王可以,你这个绿茶婊。”

被两肋捅刀,出发点再圣母,用来解释,也都是打补丁,所以“绿茶婊”这个冠名,肯定是做实了。

所以,在中国,不是长辈,是玩不动“为你好”这个武器的,与天下人共勉。

得知真相后,王可以怒不可遏,第一时间就在车库劫了魏强!

“魏强! 你有什么资格干涉我的生活?! ”

本以为他必然会巧舌如簧,没想到他居然爆了!

“王可以! 我知道你不是在玩儿人! 你是在玩儿自己呢! 你对自己不道德! ”

可以在路上

真正的爱情没有精打细算，也没有得失权衡。

你快乐，所以我快乐。

可以在路上

也许某种关系，就应该像昙花一现，在最灿烂时戛止，

奢求长久是一种贪婪，会被现实用不堪来报应。

然后拂袖而去。

我靠！我还没开骂呢，他先急了，对自己不道德，是个啥逻辑？

结果，王可以就风中凌乱了……

第二十章

被冠名为“绿茶婊”后，王可以就开始想念高敏。这种心态很奇怪，就好像做丧尽天良的事情时，渴望身边有个丧心病狂的打手。

想高敏了，才发现初夏到秋至这仨月多，一直没有她的讯息，想想应该是婚姻生涯被自杀顶到高潮，紧接着又发现高处不胜寒后，臊眉耷眼地终归静好了吧。

结果，想曹操曹操到。

当晚，董建找来：“王可以，高敏离家出走了。”

再见董建，王可以的第一感觉就是，这爷们儿完了。

几个月前，虽然目光游移、神情过敏，但终归还是个政商领导的面相。而现在，脸皮下挂、眼袋囊囊，衬衫袖口一圈儿黑，完全就是个自暴自弃的样子，还不是贪官被双规式的自暴自弃，多少还透着些“我是农民的儿子”那种霸气……

自杀事件后，高敏不再出去混夜店了，也不再参加网友聚会，貌似终归静好，但其实静得很不好。她始终与董建零交流，依旧通宵达旦网聊，而且智商离奇成长，学会了给电脑设置高密防盗码，彻底杜绝偷窥可能。这对早已拥有一颗朝阳群众心的董建来说，简直就是每天发现明星乱搞，却始终打不通举报电话的那种折磨，不致命，却让人生再无意义。

于是，仨月下来，就生无可恋了。

就在昨天，替两个诈骗理财然后辞职跑路的员工果断背锅之后，董建想明白了一个道理：爱她，就强奸她。如果连强奸都不敢，那就说明他们之间根本就没有爱。如果根本就没有爱，那就干净利索地离。如果高敏再玩儿自杀，他就抢在她前头自杀！

结果，充满着野兽般的暴戾冲回家中，高敏却不见影儿了，化妆台的镜子上，贴着一张字条：世界这么大，我想去看看。

我去……

“王可以，可不可以跟我拍张床照发出去？”

"啊？干什么？"

"制造闺蜜夺夫的假象，或许她就现形了……"

说到这里，董建"哇"就哭了。

对他，王可以除了同情，也表达不出什么了。

这个男人，被职务束缚，却不敢跳出体制的圈儿；被道德绑架，困在婚姻里行尸走肉。如此不堪，却偏偏是一种典型人类，让你想批判时，被女德或男德老师们围攻、诅咒，最后只能保持缄默。

能做的，也就是陪他聊聊。

聊困了，送他回家，洗洗睡，第二天又是条百折不挠的好汉。

话题自然避不开婚姻，对王可以来说，长久的婚姻就三个字"聊得来"。

结果，董建一句话就怼回去了："你跟吴天昊聊得来吗？"

于是，王可以就无语了，是啊，吴天昊，何止聊得来，那个孽畜……

结果，董建聊到了魏强的婚姻。

魏强夫妇，自由恋爱，顺理成婚，没毛病；婚后感情也不错，有了孩子之后，爱情自然过渡到亲情，没折腾；亲情的问题就是性缺失，于是围城之外各有贴补，心照不宣，相互理解,以家庭为核心,以集体主义精神为信念,求同存异不纠结,从而长治久安。

经多年观察,魏强每次回家,或魏妻每次来省城探亲,双方小别胜新婚,恩爱体贴,老来伴儿的内涵现于言表,着实令人羡慕。

董建感叹:“王可以,若要婚姻长久,情感的理性取舍,才是王道啊。”

这话,还真没办法反驳。

想想那些不幸的婚姻,莫不是在取舍上出了问题。要么从一开始就把爱情当买卖,于是计较赔了赚了;要么就是爱情应该海纳并融汇亲情发展性时,贪恋爱情的霸道、排斥亲情的包容;要么压根就把婚姻对象以及子女财产化,生把自己定义成统治阶级,于是,被阶级斗争……

“好吧……我同意,魏强那种婚姻,有探索意义。”王可以如是说。

董建叹息:“唉,人都是感性动物,一冲动,百年堤塌,这么理性,很难啊。”

就这时,门铃响了!

“是高敏回来了吧!”

“谢天谢地啊!”

“悍妇回头!”

"金不换！"

结果一开门，是魏强！

董建显然对他忽然到访有些排斥："魏强，你也不打声招呼。"

魏强却盯着王可以："打招呼，这厮就跑了。"

随后掏出个离婚证，打开："王可以，我离婚了。"

王可以惊了："啥、啥情况？"

魏强云淡风轻："我要名正言顺地对你说，我爱你！"

董建惊了："有没搞错？刚把你奉为理性之神。"

魏强依旧云淡风轻："人，都是感性动物。"

王可以："我去……"

然后夺门而去，落荒而逃。

有些人，爱都没爱就睡够了；有些人，碰都没碰就爱疯了。

这什么世道！

第二十一章

推动奥尔良发展的是烤翅，推动墨西哥发展的是鸡肉卷，推动康师傅发展的是牛肉面，推动王可以和魏强发展的是莱哥哥。

谁？莱哥哥。

魏强猛然来这一出，搞得王可以满脑袋里无时无刻不在回荡牙医的声音：绿茶婊、绿茶婊、绿茶婊……

“我像绿茶婊吗？”王可以问小裴经理。

“王总，您不是要开除我吧？”

我靠，心慌意乱的时候，还能跟谁有天聊？

等等，莱哥哥……

说到和莱哥哥的结识，还是蛮有戏剧性的。

那年，王可以应邀赴京参加中国国际服装服饰博览会。结果，因为雷暴天气航班取消，高铁当时也没开通夜班，只好坐了个夕发朝至的普通列车，还买不到卧铺，只能在硬座车厢回顾瓜子、花生、啤酒、方便面加脚臭的久别气息。

结果，在摇摇晃晃中睡去。

然后，在睡梦中，忽然感觉膝盖被什么顶着了。

一个激灵醒来，对面是个山羊胡、扎小辫儿的伪文艺大叔，手握一本《好莱坞怎样讲故事》，凸着大肚腩，歪斜着身子，膝盖顶着她的膝盖，眼睛还色迷迷地看着她胸部。

"臭流氓……"王可以暗骂了一声，瞪了他一眼，紧了紧胸襟，多系了颗扣子，心想你该收敛了吧？结果，那猥琐大叔不但没把目光从她胸上移开，还缓缓绽放出一丝内心淫荡花开的微笑。

这不明目张胆性骚扰吗？

王可以就怒了，一脚就踹在了他肚子上。

"哎哟！"猥琐大叔一个激灵瞪大了眼睛，"你踹我干吗？！"

"臭流氓！"

"咱俩谁像流氓啊？"

"我流氓在面儿上，你流氓在心里！"

"妹妹你是不是吸毒了？"

…………

几个回合下来，王可以搞清楚了一件事：传说中睁着眼睡觉的人，是真实存在于这个世界上的，眼前这位大叔，就是……

这就，尴尬了……

为了化解尴尬，王可以给他买了瓜子、花生、啤酒、方便面，以示赔罪。

有了瓜子、花生、啤酒、方便面，自然，就聊起来了。

于是，得知大叔是位知名编剧——笔名莱哥哥。

借口撒尿，躲进厕所，查看百度百科，验证不虚——编剧莱哥哥，以多部裤裆藏雷、手撕鬼子、八路军随时可大规模调集两千年后美军装备进行作战的抗日雷剧扬名立万。之后，却深刻反思作家要有社会责任感。于是，呕心沥血，写了一部女性主义的爱情剧。结果，因为解剖人性太过真实，被总局禁播了……

出了厕所，回到座位，王可以再看这位大叔，就感觉脑袋后头有光圈儿了。结果，带着膜拜的心情接着聊天，就发现大叔字字句句闪金光，称得上人生导师，当得上妇女之友，简直是暗夜中的北极星，茫茫海上的指路灯塔……

于是，十多小时的这段旅途，充满了积极向上的正能量。

到站后，莱哥哥的双眼闪烁着酒逢知己的光芒，邀请王可以当晚跟他去参加一个明星的生日宴。

当晚，王可以推掉应酬去了。

结果，莱哥哥说忘带钱包了，让她帮着包个红包随礼。

于是共享了一个有诸多叫不上名字的明星在席的喧嚣夜晚。

事后，还钱的事儿，莱哥哥忘了，文人大家，真是不拘小节啊……

所以迷茫的时候，王可以想到了莱哥哥，暗夜中的那颗星。

几小时后，王可以和莱哥哥一同出现在后海的一个脏吧里。

小龙虾、鸡胗、鸭肠。

"二锅头？"

"不不，喝不动。"

"好吧喝这个，小口喝哦，这种果汽酒，后劲猛。"

之后，王可以讲了自己和魏强的故事，也道出了自己的迷茫……

1.我觉得跟他没那种感情。

莱哥哥说："你也没觉得跟我有那种感情，但仍旧在无助时，依恋我……"

2.他为我离婚,像是一种逼迫,让我被内疚逼迫。

莱哥哥说:“牺牲,并不一定得回报,谁也逼迫不了谁,因为人,终归听的是自己内心的声音,就如我现在,听到你心中在呼唤我……”

3.他显然是爱我的,我应该尝试一下吗?

莱哥哥说:“如果对方在你心中没有光芒,尝试,只会是一段无望的旅程……”

…………

就着果汽酒的两小时对话,充满禅意。

王可以越聊越觉得,自己这么多年爱情无果,其实,是潜意识里在拒绝,因为潜意识里,在等待一个对的人,一个灵魂的伴侣。

王可以越这么觉得,就越觉得这个对的人,像极了莱哥哥。

于是,果汽酒恰如其分地显了力道,她看着莱哥哥,开始意乱情迷了。

“带我走,莱哥哥……”这话,就像在呓语。

谁想就在这时,忽然来了两个彪形大汉,一左一右把莱哥哥给架了起来。

随后出来一大哥:“拖房车里,然后往河北开,起步就给我打,打够三小时,车到哪儿,就把他扔哪儿!”

什么情况?看着莱哥哥被拖出酒吧,王可以直接就给吓醒了。

大哥指指她面前的果汽酒:“失身酒,他给你点的吧?”

“啊?”

“感情迷茫期吧?”

“你怎么知道?”

“聊一晚上,觉得内心中,其实深爱的是他吧?”

“大哥你是神仙吗?”

“神仙个屁!那死编剧,专拣美女感情迷茫的时候下套路,脆弱啊,好睡啊,花言巧语加失身酒,几下就勾上床了。”

“不会吧?他要是这种人,怎可能写出深刻到被总局封杀的爱情剧呢?”

“放屁!他那剧,一言不合就上床,主线还是继母跟儿子乱伦,不毙才新鲜呢!影视圈的人都有迫害妄想症,觉得被毙都是因为说真话,这锅,总局不背!”

王可以将信将疑:“老大,那剧都毙了,你又怎么知道的内容?”

大哥仰望苍天,两行热泪:“妹妹啊,大哥我,是吃尽了没文化的苦啊,我就是那剧的投资人……”

王可以彻底怒了,她想起莱哥哥曾经发在微博上的一句名言:无能自主的傻×,才会渴望别人指引方向。

我靠,当我傻×吗?!

于是,离开酒吧,直接就打了个飞的回家了。

敲开魏强家门,直接递过去一份爱情合约:“我和隔壁小王,到期了,我和你,签新的。”

魏强接过合约扫了一眼,然后就撕掉了:“我只想,被你判个无期徒刑……”

第二十二章

魏强的过人之处就是“过人”，牛皮不是吹的……

王可以这回是下定决心要跟魏强来真的，那么，家人这道程序必然得最先迈过。

所以，这天约的是下班后，魏强，必须是中产阶级典型范儿；王可以，必须是满面绽放幸福花。

所以，临走前小裴经理含着眼泪挥手祝福：“你死定了……”

到家，开门，进门。

老妈看到魏强的第一句话就是：“哎？你不是露半个腚在我女儿床上的那个已婚男吗？”

顿时，气氛僵了，老爸捧着一篮刚洗好的水果，立刻放回了冰箱里。

老妈这句话确可堪称信息量饱满，杀伤力无敌！

首先，传达了“小子我认得你”的威慑性，彻底绞杀蒙混过关的侥幸心理；

第二条是“露半个腚在我女儿床上”，直接渲染出了奸夫淫妇的既视感，并同时给予了同等定义，帽子一旦扣上，以死都不能证得清白；

第三条是“已婚男”这三个字，凶残至极，引诱对方围绕这三个字做解释，但在这三个字形成的逻辑陷阱里，怎么回答都是错的……

“呃……他离婚了……”王可以果然中套。

老妈之后铁青着脸一言不发，让王可以立刻意识到自己的解释，恰好对应了第二条“奸夫淫妇”的定义。

于是，彻底溃败，落荒而逃。

这次博弈，再次证明教导主任这种动物，绝对是这个世上最恐怖的存在……

但没几天，魏强带着一种诡异的笑容找来王可以，要她带老妈去旁听一场离婚官司的庭外调解——老妈必然会去，因为当事人，是她的老同学兼老上级，省重点、育英中学的前任校长——林美奚！

该前任校长曾因风度儒雅和一身知识分子傲骨，让前教导主任的老妈在二十年间，私下里用各种貌似夸赞的语言表达各种羡慕嫉妒恨，如今落到离婚这般田地，老妈当然是要竭尽八卦，反转心理颓势的。

所以，二话不说，去了。

于是，在脆弱的时间、脆弱的心境下，傲如雪松的林美奚校长跟老同事道出了一段不为人知的历史……

林校长还是林姑娘时，出于狂热的政治崇拜，主动请愿去云南一个偏远农村插队，并在“接受贫下中农再教育”的先进愿望下，嫁给了当地贫农张白丁。结果，被穷山恶水磨灭热情之后，发现婚姻和政治一样，想象与现实永远不是同轨，文明的差异化要么导致阶级斗争，要么就像她和她丈夫张白丁一样，阶级漠视！

之后，是知青回城大潮。林美奚因为已婚，只有两个选择：要么继续落户夫家，要么带着丈夫回城。

于是，无奈，选择后者。

后者也算争气，虽然没文化，但是吃苦耐劳有觉悟。在林美奚成为林校长并将育英中学努力升级成了省重点的历程中，他当劳模、再待岗、再就业、再劳模、又下岗、又就业、又劳模……直到最后那家国有工厂，因为有他这个劳模成了典型，发展到了市里每年倒贴经费养着也不许倒闭的最高境界……于是，两夫妻成了“五好家庭”的标杆，在婚姻关系盘根道德体系强烈左右事业发展的社会特质下，双双承担了不小社会责任、很多集体荣誉的两个人，相互漠视又相互默契地维系着婚姻，相互认同煎熬是婚姻选择的必然附加值……

然后，双双退休，孩子也有了自己的家庭，林美奚就不想过了。

结果，原先也不是很想跟她过的张白丁，这回却不肯离婚了，理由很朴实：以前，两夫妻是没有性生活，但现在，他是没有了性生活的能力，离了婚，找谁去？

说到这里傲如雪松的林校长哭了："这种连架都没情绪吵的婚姻，两个人就像温水煮青蛙，在理性铸成的铜锅里跳都跳不出去，知道有多煎熬吗？"

哭，是一种极其具有渲染力的情绪，尤其是内心中的标杆级人物一哭，绝对摧枯拉朽。

所以，林校长哭，前教导主任也心满意足地跟着哭。结果，哭着哭着，就莫名其妙接受了调解人魏强的理论："理性只能维系婚姻的表象，但人，终归是感性动物啊……"

老妈："可不是吗呜呜呜……"

于是，魏强的离婚问题，在张白丁、林美奚夫妇最终和平离婚、相互约定好好为自己活下半生的大结局下不解自开。

王可以后来才知道，这案子原先是别的律师在办。结果,魏强得知后,花了重金让对方做了转让……

这厮,端的是有心机!

但很快,副作用出现了。

不知道哪根筋搭错,老妈开始怀疑自己的婚姻了,因为她发现,老爸也从不跟她吵架,这,应该就是林校长所说的阶级漠视吧?偏可怜见,老爸的爷爷曾因好赌输光了家里的田产地产。于是,老爸的老爸带着老爸后来被划分成了贫民……

贫农!也是贫农!怪不得存在阶级漠视!原来我的婚姻竟也如此悲催!

于是,老妈要求离婚,要求好好为自己活下半生。老爸没搭理,开家庭会,大家又东拉西扯。结果,就闹妖了,痛定思痛之后,洋洋洒洒写了一份离婚报告,要打官司了!

这祸,魏强闯大了!

数十年如一日好脾气的老爸都动气了:"王可以!你要还是我女儿,就给我把这事儿解决咯!否则……否则……否则我做菜不放盐!"

天哪!怎么解决?!老妈可是这世上最恐怖存在的教导主任啊!

还得是魏强！

这天，他又带着诡异的笑容，告诉王可以："我给你爸报了个旅游团，朝鲜！"

这招，当可堪称为调解史上最歹毒的手段了！

朝鲜旅游的伟大特质就是，所有通讯设备一概没有信号，旅游期间全团游客如同人间蒸发，关键还有各种恐怖传说，宣称到了那个全宇宙最伟大的地界，稍有不慎，就会真的人间蒸发……

老爸离开后的前三天，老妈洋溢着一种终于解脱的愉悦感。但三天后，就开始心慌意乱各种恐怖猜想。

于是，各种焦虑。

焦虑情绪的外化，就是看谁谁不顺眼，一言不合就喷火，逮谁就数落谁，搞得家里天怒人怨，搞得整个街道不得不展开精神文明大整治运动！最后折腾得连外孙子都待不下去，在一次因为洗碗不够节约用水的激烈批评之下，离家出走投奔了亲爹吴天昊……

可他亲爹，法律要求不得靠近他 50 米距离啊！

而他亲爹，又是个浑人，父子相聚，摇滚乐走起！

所以，很快就被朝阳群众举报了，很快就被请去派出所了。

结果，王可以赶去说情，派出所偏就坚持原则、按法律办事。

于是，吴天昊又被拘了……

“王可以，快收了你妈这个妖孽吧……”这是进囚车前天昊的最后一句话。

之后，魏强又是一桩没收入的诉讼活儿，讲事实、摆道理，终于让法院将信将疑吴天昊已痛改前非、父爱再生；将信将疑地解除了不得靠近50米范围的禁令。

这事儿办完的同一天，老爸回来了。入境后第一时间往家打电话，老妈还矜持，一副淡然态度。结果，看到老爸进了家门，绷不住了，喷着眼泪张扬起了幸福感：你个老头就顾自己出去瞎玩，家里一堆乱事全甩给我。外孙子又被他爸劫走，还得我忙里忙外让法院解除禁令。你们累死我算啦——

等等，吴天昊这事儿她忙里忙外？

算了，把功劳揽自己身上，意味着她已经不分里外了。

果然，当晚聚餐，一家人里已经有了魏强。

但王可以万万没有想到，当餐桌上她正式表达出要跟魏强正式交往的愿望后，提反对意见的竟然是儿子！

而且态度非常强烈，几乎是饱含热泪地大叫：“我爸爸是吴、天、昊！”

看着儿子随后就把自己关进屋里，王可以顿时一身鸡皮疙瘩,满心都是愧疚!

是啊,我只想着自己找幸福,却完全忽略了儿子的感受!

这些年,我把儿子放在姥姥家,谁说不是为了偷清闲,母爱何在?!

毋庸置疑,吴天昊与儿子血浓于水,难道未来连这都要剥夺,良心何在?!

…………

由此,王可以想到了寝室杀手马加爵,沉默羔羊汉尼拔,他们的裂变,不就是因为他们的母亲不是好母亲吗?那么,自己算得上好母亲吗?自己认为自己算好母亲,可儿子真就认为自己算好母亲吗?有多少母亲自认为是好母亲,可在孩子心里,其实根本就不是好母亲!

于是,被各种反思折磨了三天之后,王可以决定为了母爱做出牺牲,决定大义凛然地告诉魏强:我们的关系不要再往下发展了。

谁想进了魏强家,儿子居然滚在沙发里。

拜托,魏强家的沙发里,抱着平板电脑《王者荣耀》打正嗨呢!

什么情况?!被魏强下蛊啦?!

魏强下蛊的方法很简单,给儿子买了十万块的装备,让他一跃成为王者荣耀！

王可以怒了："现在的孩子都怎么了？教育了那么多年，十万块就被搞定，这究竟是怎样的人间啊——"

第二十三章

人在大多数时候，需要的不是鸡汤，而是一巴掌，信吗？

话说，魏强连连过人搞定王可以全家之后，心情大好。于是，该日约了王可以共进晚餐，地点，仍旧是那家不带二十万都没脸进门的游轮餐厅。

玫瑰香薰的法式装潢包厢里，烛光摇曳，蓝调撩人，气氛极为暧昧。

菜还没上，但九百九十九朵玫瑰已在桌上，冰桶里，还有瓶全是法文的香槟。

不知道是热，还是荷尔蒙激增，烛光中的魏强，脸色泛着潮红："王可以，今晚你看起来……"

结果手机铃响，打断了。

王可以掏出手机，一看是个 0081 开头的陌生来电，挂掉了。

然后堆起微笑看魏强:“你说什么?”

“王可以,今晚你看起来格外迷人……”

结果手机铃声又响,又打断了,又是那个0081打头的号码。

再次挂断:“骚扰电话太烦人了,你继续,继续撩我。”

“王可以,晚餐后要没别的事,去我家吧……”

结果,又被手机铃声打断了!

还是那个0081打头的号码,这回王可以怒了,直接接通就想开骂,没想到电话里传来的声音,竟是高敏!失踪多日的高敏!

“王可以,我手机坏了,身无分文,我在成田机场,别告诉董建,来救我……”

然后就挂了,再拨过去,电话那头一片忙音,这才想到0081打头,是日本!

回述之前,高敏失踪的第二天,董建和王可以就去了派出所报失踪,结果一查,这货有出境日本的记录。鉴于这货是成年人,离家出走又属自发行为,派出所就没给立案。

所以,董建只能等。

但高敏的手机却一直关机,没想到这回却是主动来电,而且是这种貌似被轮番摧残之后,绝望了人生的苍凉语境。

所以,王可以心急如焚,甩下魏强,回家急取护照,直奔机场,好在签证尚未过期,就近一个航班直飞日本!

所以,魏强二十万的菜还没上,人就落单了。但他是绝不允许浪费的。于是云淡风轻地拨了个电话:“吴天昊,我们一起吃个便饭吧,还是那家游轮餐厅,这回给我个面子,穿得体一点……”

四小时后,王可以出现在了成田机场,可是找遍候机楼都没见高敏的踪影,一焦虑,尿急了,就准备解决之后去广播找人。没想到奔进卫生间,猛就看见一个女人正在洗手台前刷牙,边上还插着一台小电锅,满满都是方便面的异香,定睛一看,不是高敏又是谁?!

“王可以,我就知道你一定会来,快带我回家。”

原来,这货打完电话后,无比信任闺蜜,无比淡定地用护照做抵押,从机场超市里买了零食方便面,无比淡定地坐等闺蜜到来。

果然,王可以尽在预料之中。

事情,还得从高敏出院说起……

成功地让林心洁人间蒸发,又尝试了一段成功的传销人生后，高敏在持续的冷战中渐渐有了见好就收的念头,想来想去,对董建的报复还差一次同样的出轨。

于是,决定完成出轨这项指标后,就找个台阶跟董建和好。

但如今这年头,出轨对象其实并不好找。太陌生,谁知会不会染病;太近的,难免会露馅。结果,网上筛选 N 久,始终无果,却没想到正纠结中,初中同学群中忽然一个头像闪动,向她传来了让她想起来觉得非常暧昧的招呼:“你好。”

此人名叫高瞻,原是班里学霸、老师家长口中“别人家的孩子”。

高敏在凄凄惨惨戚戚的童年里，听到最多的话就是“同样姓高,你看看人家高瞻”,所以,高敏凄凄惨惨戚戚的童年里,最大的愿望就是——弄死他!但这个愿望,随着毕业后各分东西再无相见,也就淡化了。

微信这个小八婆,对社会最大的贡献就是将离散的人重新聚集,并时不时让聚在一起的人闹离散。

初中群建立后,高敏与高瞻再度勾连,有了一些互动。

于是,知道他高中后就去了日本,现今已在那里定居;同时,也发现他男大十八变,当初那个内向的小孩现在谈吐幽默，还有品位；再看相册，竟还有一丝金秀贤的风采。

于是，弄死他的童年愿望毫无悬念地化为了乌有。

高瞻的“你好”之后，又说：“看你相册，都想不起你小时候啥样了。”

于是，高敏瞬间就被电击心灵，瞬间就决定要拿对方做出轨对象了——他在看我相册，这说明什么？说明什么?！姐姐我懂！姐姐也是老司机。

高敏对她相册里过度美颜的照片，还是很有信心的。于是决定一下，就立刻开始聊骚；于是感觉对方也很聊骚，都说出“欢迎你来日本玩儿”这种在她看来铁定带有色情成分的话语了。

理性思考一下：对方健康、单身、距离远，放心出轨，完事又可拔腿就跑，舍其者谁?!

于是，她就以最快速度偷偷办了日本签证，带着少女般的惶恐、兴奋、期待以及对董建报复的快感和疯狂后就从良的美好愿望，偷偷飞去了日本……

高瞻如期来接，但看到高敏，愣了足有几秒：“呵呵……呵……你好……”

“他好羞涩哦……”高敏当时是这么想的，但后来她才明白，对方当时的反应，学术名称叫“见光死”。

高瞻是网络时代无数个被美颜相机残害的单纯人士。

相册里的高敏肤白貌美，但真身毕竟年近四十，脸干胸垂，虽有浓妆，却依旧遮挡不住岁月风霜。所以，当时高瞻其实很失望，也后悔预订行程中的酒店房间都只订了一间，但他偏又很讲礼貌，依旧按预订行程招待高敏，以致高敏在幻念的沼泽中越陷越深……

头天，高瞻带高敏逛了东洋第一的欢乐街——歌舞伎町。

满街荷尔蒙喷射的广告招牌，极尽魅惑的霓虹灯，肉欲横流的色情场所虽然只是街拍没有入场，但已足够让高敏相信：他要跟我上床，他要跟我上床……

于是，回到酒店，高敏故作矜持，等待高瞻饿狼扑食，好半推半就……

但是，并没有，对方拿出笔记本电脑，说要处理些工作……

然后，就没然后了。

“他一定是看我今天累了，所以……好体贴啊……”高敏当夜是这么想的。

好吧。

第二天，秋叶原逛街。

高瞻跟她讲解这里各种稀奇古怪的商店，还聊到了成人漫画。其实，只不过介绍岛国的风土人情，但高敏看来，这一整天，对方都是在无比饥渴地对她在进行性暗示！

于是血脉偾张之下，疯狂购物，还带着一种难以名状的心态给董建买了一个贼老贵的仿真娃娃，花光了现金，刷爆了卡。

于是，回到酒店，换上新买的情趣内衣，等待春宵一刻……

但是，并没有，对方拿出笔记本电脑，说要处理些工作……

“老司机玩儿套路，想憋到宝宝欲火焚身然后七日不下床吗？”高敏这么想。

等着！

第三天，富士山下温泉共浴。

岛国人的规矩可变态，泡温泉之前必须先把自己洗干净。于是，高敏就先把自己洗干净了；于是，进了温泉就是一堆完全真实的肉了。可惜当时没有镜子，也可惜她手机只有美颜相机。否则，她一定会有警醒，绝对不会搔首弄姿，又自拍又合影还百般挑逗，也绝不会出现之后令她彻底失去人生信念的结局——当她主动凑上热唇之际，高瞻居然一把推开了她！

一把推开她啊！而且一脸忍无可忍逼做流氓的表情！

而且还朝她吼:“你们中国人,能不能别拿美颜相机骗人了呀!”

我去!什么叫“你们中国人”?!

当然,高敏当时不是这么想的,当时她只是顿悟了这几天为啥他不碰她的原因。结果,恼羞成怒之下就把手机给砸了:“你丫要还是个男人,就送我去机场!”

高瞻还真是男人,毫不犹豫就把她送去了机场。

行李搬下来,坚决不说“再见”地驾车遁去。

随后,高敏才意识到,自己不但没了现金刷不了卡,还废了手机,叫天天不应,叫地地不灵了。

最后,只能问中国游客要了点零钱打电话给王可以……

回国后,高敏先在王可以家睡了一宿。

第二天,乘董建上班之后才回了家。然后破天荒地打扫了屋子做好了饭,企图用一种默默无言却又温暖的方式象征回归,燃发对方的感动,之前的事,就可以黑不提白不提了。

王可以,当然是给闺蜜保密的。

所以,董建当晚回来,真的是感动得都冒眼泪了。

所以,高敏出走期间干了什么,真的就黑不提白不提了。

结果,一切回到常态。

结果,董建很自然而然地说帮她去修手机。

结果,她很自然而然地给了董建手机,就像以前一样。

但她忘了,手机里,还有她和高瞻裸身共浴的合影,而且,搔首弄姿!

于是董建回来,已是脸色阴沉、目光如刀。偏偏这个当口,岛国的快递来了,打开一看,是那个贼老贵的仿真娃娃!

于是,仿真娃娃连高敏自己都解释不清的含义,在暧昧照片的帮衬下,显然就变成了一种极端羞辱的挑衅,董建就彻底被激怒了。

董建被激怒的状态很可怕,平静,但浑身上下都散发着一种丧尸满城的末世气息,声音空洞得像是来自地狱:“高敏,我们离婚……”

第二十四章

中国式关系中最凶残的，莫过于“宁拆十座庙，不毁一桩婚”。

这一传统，相加“为朋友两肋插刀”的理想式悲壮，足可以让中国式关系荣登是非不分的榜首……

窝囊的董建铁了心要离，张狂的高敏就无措得只剩眼泪了。

所以，别欺负老实人。

闺蜜虽可恨，但毕竟是闺蜜，王可以当然是要出力相救的，魏强当然是要出卖朋友、充当打手的。

所以，还是得欺负老实人。

于是，他们把之后种种的不要脸行为，提升到了“拯救婚姻”的道德高度。

“拯救婚姻”第一招：当然是谈判。

可以在路上

这个世界，晦涩与光亮，只取决于自己的心境，未来永远都是未知，有人觉得恐惧，有人觉得曼妙，于是有人地狱，有人天堂。

可以在路上

婚姻并不是伊甸园，有着各种各样的问题，最大的问题就是面对彼此的问题。当激情褪去，爱情不再，没有经济的支撑，拿什么去维系，这是个值得用一生解答的问题。

谈判的策略，是一一列举男女双方在婚后所犯的错误，试图用数据来说明婚姻双方都是普通地球人类，谁也不比谁强，最后用“一个巴掌拍不响”的老话盖棺定论，佐以批评与自我批评的后续活动，“照镜子、正衣冠、洗洗澡、治治病”彻底和掉稀泥。

谁想，表格一出来，王可以和魏强全都惊了。

高敏的错误挂满墙，董建的错误星星点，最大，也就是跟林心洁的那一段儿，即便不断放大严重系数，最后一条抵十条，数据差距还是触目惊心。

“你们是来毁我的吗？”高敏哭着说。

恐慌之下，魏强开始无底线指责董建这段婚外情，最后放大到了导致GDP下行的地步，自己都听不下去了。

结果，董建黯然叹息：“是我罪不可赦，不争、不辩、不求原谅，休了我吧。”

于是，王可以拽起魏强落荒而逃……

痛定思痛之后，王可以把董建、高敏夫妇的婚姻问题，归咎在了没有孩子这一点上，并引经据典把这一点归咎成了所有婚姻危机的原始起点，听起来像是很有道理：“有了孩子，家庭就有了焦点，婚姻就有了核心……”

所以，“拯救婚姻”第二招：激发爱心，唤起对未来的憧憬。

具体方略，就是弄个小孩交给董建和高敏代管一段时间，让孩子的天真烂漫，触动他们晦涩的心灵；用完整家庭的幸福感，重树婚姻的信心。事成之后，该试管试管，试管不成就领养，反正孩子是唯一有凝聚力的第三者，当他们有了孩子之后，一切自当长治久安……

正好，魏强的表弟要带老婆出国旅游，想把五岁的孩子放奶奶家。

一番运作之后，这孩子到了魏强家。

百般叮嘱要“最大程度表现美好”之后，这孩子又到了董建家。

这孩子叫豆干，长得虎头虎脑，看到董建满眼里透着欢迎，看到高敏满眼里都是“乘机献媚”的决绝，王可以和魏强都放下了心，带着半个月后看丰收的憧憬，故意出差去了……

然而，在双双约定的日期回来，看到的董建和高敏，却都是一脸的生无可恋！

方才得知，这熊孩子，简直就是个恶魔！

前三天，因为生疏，还算过得去。

三天后，董家就开始历尽劫难！

先是某天，高敏就一个出门办事的工夫，回来时，满墙都已被水彩画笔搞了乌烟瘴气。这熊孩子,还拿着把水果刀“哗哗”地刮墙皮,企图毁尸灭迹……

之后某夜,董建洗澡,刚打上洗发水,忽然漆黑一片。随后,就是高敏惊慌失措的尖叫。顶着满头泡沫,抄起手电出来,熊孩子正晕乎乎躺地上呢。

原来,他拿了高敏的化妆钳倒处乱戳,最后戳进了插座里……

从此,家中再也不敢离人。

为了双重保险,董建还把工作拿回来做。结果,就去卫生间撒了泡尿,豆干把饮料洒笔记本电脑上了,为了弄干净,又倒了杯水……

于是电脑崩溃,几天工作毁于一旦。

再接下去,熊孩子发现二人没有惩罚的胆儿,于是肆无忌惮了,于是地毯、沙发,被蜡烛滴得“血迹斑斑”;红木家具被划得遍体鳞伤;高敏的所有毛绒娃娃被一律肢解;董建种的所有多肉尽数碎尸;最可怕的,还奇迹般地把厨房燃气灶的火,燎原到了卧室的窗帘,差点烧了宅子,操作流程完全无法推演……

最后,董建和高敏大吵一架。

“我想我们天生就不适合做夫妻,算了吧……”董建如是说。

于是，王可以和魏强带着熊孩子落荒而逃。

火速送回他奶奶家，一掏小书包，还有送给奶奶的一幅温馨布贴画，布贴材料，剪裁自高敏的各款内裤……

好心反倒办坏事，那么，来呀，邪恶呀，明的不行来阴的！

于是不久，董建下班路上迎面遇上一个须眉鹤发的老头，紧接着就听他一声叹息："先生印堂发黑，近来家宅必有糟心之事啊……"

这句话，一刀见血，所以董建忙不迭就跟老头求了卦，最终得到开示："流年不利犯太岁，离婚死全家呀……"

这番开示，触耳惊心，追问破解之法，老头只是摇头，捏了两千块卦钱，道骨仙风地飘然而去……

老头，当然是王可以和魏强雇的群众演员。

当然，没想到这厮居然两头拿钱。

他俩本以为来自玄学的恐吓，可以迫使董建收了离婚的念头，即便行将就木，至少也可从长计议。

谁想，带着高敏回家"趁热打铁"，一开门，董建吊房梁上了！

原来，董建听了老头的卦文之后，越想越是灰心，觉得自己单位"背锅侠"，家庭鸡飞狗跳，人生如此尴尬，到底是这个世界毁了自己，还是自己在毁坏这个世界？恐怕自己从生下来，就是个错误吧……

于是，他就上吊了。

好在发现得早，刚吊上去，就被老婆和老婆的两个损友给抱下来了。

地府门前走一遭，高敏就彻底投降了："别死啊呜呜……我离还不成嘛！"

闹到这个地步，谁还敢阻拦？

剩下的，也就是律师魏强，帮着起草离婚协议。

一到财产分割，魏强乐了："王可以，这婚他们离不了……"

董建和高敏除了居住的别墅外，财产其实不多，而且还全都套死在了股票里。

于是，考虑到高敏没有工作，董建决定把房子留给高敏，净身出户。

结果，高敏以自己住大房子害怕为由，要求卖掉房子套现。

问题这就来了！

当初为了不被小人陷害，董建是用他父母的名义买的别墅，现在要卖别墅，法律上自然就得经得二老签字授权。

然而,在魏强和王可以暗中造谣董建“为了扶正二奶想卖房离婚”后,军人出身的二老自然就刚正不阿地拒绝了授权。

房卖不掉,高敏也没了心气儿,收拾起行李就想走了:“算了吧董建,净身出户的应该是我。”

一听这话,董建就哭了:“你什么都不会,净身出户怎么活? 这婚我不离了! ”

于是,就不离了……

婚不离了,万事大吉,王可以就开始后怕了:“魏强,咱这么昧着良心玩儿阴的,真的好吗? ”

“让他们离不了的不是我们,”魏强幽幽地点了支烟,“为什么我一开始就知道他们离不了?再不靠谱的两个人,夫妻久了,彼此间就算那一点点的牵挂,也会让分开,变得不容易,很不容易,这就是婚姻。”

说着话时,他眼睛里隐隐有泪光,看得王可以有些心虚……

第二十五章

一线牵挂，董建和高敏破镜重圆，个中温情让王可以忽然对婚姻有了憧憬。

想想之前跟吴天昊那段儿，又当老婆又当妈，结果，成就那货一生甘当熊孩子，搞得她自己却是一地鸡毛；再看看魏强，感情从不挂嘴上，却一路都是在付出，看似云淡风轻，其实神级呵护。她不敢说有爱情，但觉得踏实，或许人家就是中年人该有中年人的样，中年爱情也应该就是一种过日子很踏实的感觉吧，如果自己觉得 low，那一定就是自己被自己的童颜欺骗过了年龄，是自己没有对应好人类自然生长的潜规则……

觉得错的都是自己，王可以就确定自己是可以跟魏强向婚姻轨道上推进的了。但真的有了这种决心，又忽然觉得慌慌，一种类似考试作弊时的疑神疑鬼。

是的，疑神疑鬼。

于是，她怀疑，这种疑神疑鬼，是因为自己的决定没有得到某种肯定，或者说，没有得到父母这类重要人士的肯定！

于是，她找到了前夫吴天昊……

吴天昊的好处，就是正经的会反，不正经的一律支持。所以，对她和魏强的“奸情”，必然会得到肯定的答复。

谁想吴天昊直接泼了冷水：“错！奸情可以，但真在一起，你会死得很难看！”

天昊的理论起点，竟是王可以和魏强那顿约饭，王可以离席去打捞高敏，魏强转脸就电邀天昊过去填座，彻底避免天价餐食被浪费……

“这说明，他是个处处计算得失的人，”天昊说这话时的神色，看上去就像蛊惑夏娃的那条蛇，“看似付出不求回报，但他潜意识中的等价标尺，会像降头术一样，慢慢地，一步一步地，让你不知不觉地变成围绕在他身边的中年大妈，给予他所需要的鸡婆式温暖。”

这番话吧，开头还算悬念，但之后的阐述横跨了科学和玄学两大领域，就显得相当扯淡了。

于是，这种扯淡的态度，就把认真过来寻求肯定的王可以给激怒了！

"吴天昊！你东拉西扯，逻辑混乱，你丫是故意捣乱吧?！你这种熊孩子的作风什么时候才能改掉?！你就是看不得我好！看不得我跟别人好！老娘以前给你做牛做马，现在反过来有人呵护了，你看不过眼是吧?！心理阴暗就阴暗，装成一副梦遗大师样子，你忽悠谁啊！"

"不觉得你说这话就很像大妈吗？"

"滚！"

揭批了吴天昊，很有种江湖豪情激荡在胸。可豪情燃烧了几天，自己却又犯嘀咕了：万一，魏强并不是我想象的那样呢？俗话说人心隔肚皮，万一……

于是，她明白，从谁那里，都不如从当事人那里得到肯定更肯定！

于是，她设计出了三个问题，之刁钻，像极了教导主任的老妈：

1.你因我离婚，是想用这种貌似悲壮来绑架我吗？

她想，作为律师，魏强很容易绕开感情绑架这个因果陷阱，说"我从没说过是因为你离婚"。

2.如果我不接受你，你会后悔离婚吗？

她想，作为律师，魏强很容易绕开"接不接受"这个试探，把逻辑重心放到"后不后悔"上，然后用新的逻辑化解

“命运有太多的注定，离婚只是其一”。

3.如果我们走下去，你希望我是个什么样子？

她想，作为律师，魏强很容易堵死问题中带有不确定延展性的试探，直接回答“我爱你所有的样子”。

所以，问题如教导主任般刁钻，但王可以跟老妈的境界差距，就在心软上。其实这三个问题，说白了就是送分题，她只是想要魏强给她一个肯定而已……

结果，魏强听了这三个送分题，当场就脸色煞白，额头冒汗，哑巴了。

憋了一万多个世纪，才结结巴巴憋出一句：“我……我不知道……”

这样子，如此的局促、不安、恐慌，就像一个迷路的孩子，无措、无助。

于是，王可以就慌了：“没事没事，我就是无聊了逗逗你。”

可魏强依旧一脸的惶然：“我……我真的不知道……”

于是，王可以很想哭。

她觉得感动，他是律师，他有的是答辩的技巧，但面对着三个送分题却哑口无言，为什么？因为他对这三个问题真的很认真，对他们的感情真的很认真。于是，卡死在了牛角尖里，以致忘记了，作为成年人起码的一点点狡猾……

王可以觉得很内疚,欺负一个认真的人,太不善良了。

所以,王可以满脑子想要弥补,给他抚慰。

所以,竭尽谄媚,主动留他过夜。

谁知,这天偏偏是太岁齐聚,各大星宿都要弄死魏强——在王可以主动献身以示赎罪的灿烂时刻,他阳痿了。

"没事没事,就是身体累了,精神紧张……"当时,王可以是这么安慰他的。

可之后很多天,王可以发现他行踪诡秘,总在躲着自己。

于是留了心眼,某夜窥视到号称加班的他悄悄溜回家后,忽然袭击,敲开了门。

结果,看到低柜上,一坛坛的补酒,蝎子、蜈蚣、癞蛤蟆……全世界最恶心的东西都泡在里头;餐桌上,一盘盘的鹿鞭、羊腰、牛睾丸,还有韭菜炒鸡蛋……

"呵……呵呵……不要压力太大……呵呵……柏拉图式爱情,也不错的……"

"我要重振雄风!"魏强如此回答时,刚好有阵穿堂风,脑袋上细发飘扬。

却在这天,王可以正在公司一边织毛衣一边看设计稿，魏强忽然来电："快！快来医院！"

原来，魏强今天打了个离婚官司，女方一直抱怨男方性亢进，吃不消，想结束这种阴阳严重不调的现状。听着听着，魏强忽然就激凸了，而且还怎么都下不去了。

于是，整个厅辩，都撅着屁股缩着裆，草草结束后，迅速奔进了医院。

经大夫细腻询问，方知这段时间，魏强为了重振雄风，百度了各种偏门奇方，内服外用，涂抹按摩。

结果，用力过猛，导致性器官严重充血，经久不衰！

医生惊了："大哥，你是想征服全世界吗？"

结果，冰敷、热敷、分散注意力，所有物理措施全都无效，看着依旧坚挺的二弟，医生悲壮地说："看来，只能引流了……"

引流，说白了就是放血，一了百了……

于是，在七八名男女实习生围观的教学式手术之后，魏强终于下肢放松地躺在了病床上……

看着魏强如释重负，却羞于见人的尴尬样子，王可以不由得热泪盈眶："老魏，我不服药就服你，我是你的，不放心，咱们就试婚。"

试婚的日子，风平浪静，一起买菜、做饭、散步、看肥皂剧、保温杯加套、方便面加枸杞……

“太后,你最近出啥状况了?”这天小裴经理神秘兮兮地关了门问。

“什么问题?”

“以前你风格出挑,这次设计会,为什么趋向了保守?”

“这批样衣是成熟风,用色保守一点,有什么问题?”

“你不觉得你现在有点像大妈吗?”

“你再说一遍?!”王可以撂下手里正在织的毛衣,横眉立眼。

于是,小裴经理看着那织了一半的毛衣,叹息了:“你还不像大妈吗?”

“我去。”王可以随即看到自己为了舒服,进办公室就换上了的棉拖鞋,心中顿时一个激灵:这是吴天昊给老娘下降头了吗?

第二十六章

早饭时，王可以发现魏强贴在她腿根儿那手非常汗湿,就关心他在紧张啥?

于是,魏强跟她讲了今天上庭的案子:是一个中年男人,数年如一日地洗小三的钱给老婆,结果,小三告他诈骗。可魏强接了小三的单之后,发现贱男既没隐瞒自己有老婆,每次"洗钱"也是小三心甘情愿。于是,诈骗的哏儿,就落在了他并未告知小三钱是给老婆这个点上。

这官司,怎么打得赢?

被告,堪称贱男中的一股清流,一打听名字,居然还是他俩小学时的班长！这八卦,真的是暖风拂面,神清气爽。

"小裴经理,今天的客户谈判我不去了。"王可以紧接着就打了电话。

"娘娘,一个亿的订单啊！"

“我今天有哲学课，主体是爱情与婚姻非单一落点后的悖论解析！听得懂吗？不懂吧？所以比什么都重要！”

一个人在八卦的驱使下真的是没底线。

开庭前王可以去洗手间补妆，发现左胸的胸贴失踪了，翻遍内衣没找到，也就没再当回事，溜溜达达去了旁听席。

没多久，魏强上庭了。黑西装，白衬衫，脚步从容，好一副任它电闪雷鸣，我自闲庭信步的淡定做派。可随后王可以就注意到，他一路走来，落在后头的人们就开始窃笑，进了最前排的律师席，几乎后头所有的人都在窃笑。

咋回事儿？定睛一看，我去！她没找到的那个胸贴，在他后脑勺上，而且那是情趣胸贴，上面的亮片星星点灯……

这才想起下车前，魏强像个孩子似的，微秃脑袋在她身上拱来拱去，腻了很久才意气风发离车而去……

结果，这场庭审，伴随着阵阵莫名其妙的笑声，搞得法官都二乎了。

于是，一到庭间休息，王可以闪电般地从魏强后脑捋走了胸贴，落荒遁去！

之所以落荒，是因为王可以觉得出问题了，她意识到魏强，不正常！

试婚之后，魏强其实变得很黏人，只要跟她在一起，就必须有个身体部位得贴着：走路必然牵手，吃饭要肉贴肉地坐同一边，关键是他那手，不贴腿上就在胸上，不在胸上就在臀部，更吓人的是，看电视要搂着，睡觉要抱着，做饭、洗碗、刷牙、洗脸他都粘着，连坐马桶都看着，哎呀妈呀……

起先王可以没太在意，热恋期嘛，过了就没这么腻了。

于是，时间久了，他没改变，她却差点就习惯了。

问题这东西，就怕被留意。一留意，问题就很是问题，而且很容易觉察到正趋于严重：不管她在干吗，他会幽灵般出现，不知是因为快感还是肾虚导致的汗手，一把糊在敏感部位！

之后在公共场合也控制不住了，趁人不备亲一口，出其不意摸一把，猥琐得就像岛国特产的公车痴汉，搞得王可以无比紧张。可前一秒刚呵斥过，下一秒，那汗手又会鬼魅般地贴在你防不胜防的地方……

于是，王可以很生气，就找了个时间跟魏强好好谈了一次，主题是，他的行为让人不适，必须改掉。

于是，魏强很委屈："我就是……总想把你捧在手心里……"

当然，他还是改了，王可以上厕所的时候他不再跟进来了，可过不了两分钟，就会听到他的声音："王可以，不要玩儿手机……王可以，时间太长会得痔疮……"

我顶你个肺啊……

这天，小学同学因为班长的故事在坊间风传，忽然组织起了同学会。

魏强作为该案律师，当然是刀枪逼着也要去的。

王可以还不想公开他俩的关系，所以，赴会前严厉要求，必须表现得体，保持老同学兼普通朋友最多是走往较近的朋友的那种距离，绝对不可出现猥琐的肌肤接触！

起初，还好，魏强非常仗义地劝导各位同学，八卦如手淫，浅尝怡情，过度伤身，很有技巧地把主题从八卦班长转移到了怀旧上。

结果，一怀旧，聊开了，酒也喝多了。

忽然，一只汗手，糊在了王可以的腿根儿上。

于是，全场瞠目结舌地静穆了五分钟后，炸开了！

"有奸情、有奸情、有奸情……"之后的所有语句都离不开这三个字，搞得王可以只好面红耳赤地承认了奸情。

于是，两人的风头瞬间盖过了贱男中的那股清流。

于是，八卦也像手淫到了高潮，喷射状了……

"一个大老爷们儿腻腻歪歪、黏黏糊糊，跟没断奶似的，你猥不猥琐?！社会主义精神文明全被你那张汗手给污染了知道吗?!你这叫黏贴症!这叫病态你知道吗?!”回家后王可以大发雷霆,最后约法三章,未经同意,不得身体接触,否则,断然绝交,而且没有回头可能!

这回,魏强怕了。

于是,努力克制“黏贴症”。

结果,王可以发现他什么都不会了。

不能跟她黏贴的魏强,变得就像一个被妈妈抛弃了的小孩,六神无主,表现出来的症状就是坐立不安、焦躁不已,连案头工作都做不下去了。

面对卷宗,他一会儿挠挠痒,一会儿翻翻手机,一会儿起来擦擦家具,一会儿奔去厕所刷刷马桶,半个字都看不下去。工作压力之下,终于憋不住了,乞求王可以可不可以离他近点。

王可以一心软,坐他边上了。

于是,一只汗手“呼”就贴腿根儿上了。

于是,瞬间神清气爽,连夜工作,一整套卷宗整理得妥妥当当,看得三陪王可以瞠目结舌,一通宵居然半个哈欠都没打……

唉……算了吧……既然狠不起来,就忍吧,说是黏贴症,至少没有破坏和谐社会吧……

结果这天，照常进公司，发现员工们满脸八卦地交头接耳，看见她后，又瞬间鸟兽散，觉得可疑，就把小裴经理叫办公室来了。

“什么情况？打小报告有赏！”

“没没……没情况……”

“不打小报告，扣掉年终奖！”

于是，小裴经理战战兢兢打开电脑，点开了一个超人气链接。

结果，王可以差点惊得一口老血喷屏幕上。

那是一张交通监控照片，显示的是超速，清晰可见，开车的是魏强，副座的是王可以。欢乐的是，魏强正右臂平伸；右手，正隐没在王可以的……

“摸奶门”已成网上欢乐颂，甚至都有道德卫士出来谴责侵犯隐私权了！

谴责！狠狠谴责！王可以骂娘了。

但骂得很心虚。

“黏贴症”，这是她杜撰的名词，但这好像真的是病吧?!

第二十七章

“摸奶门”导致了王可以足足持续了三个小时的河东狮吼。

真的很有震慑力，魏强郑重发誓，痛改前非，金盆洗手。

那双520汗手，终于消停了。

于是，日子风平浪静，重归中年安逸风。

一天晚饭后，王可以洗好碗出来，屋里不见了魏强，再看，发现这厮正在阳台，望着她晾晒的内裤在入定。

这种神态，像极了哲学家在思考“我是谁”那种自己弄死自己的问题，谁知一转身，魏强非常严肃地告诉她：据观察，内裤，没有洗干净……

于是，一股无名怒火直冲斗牛：嫌我没洗干净你洗啊！

但随即一咬牙，把怒火咽下了，因为她一开口，他真的能摘下来重洗一遍！

事实上，不再黏贴症后的魏强，很快就拥有了一种强迫症气质：家里所有的物品，都必须按既定序列摆放；任何东西——小到一罐牙签，定位都得分毫不差。在这种气质的笼罩下，他的性格也变得越来越龟毛，开始对王可以做任何事的任何细节开始吹毛求疵，然后充满快感地指手画脚，最后，一边替代王可以亲力亲为，一边碎碎念！

对，最可怕的就是碎碎念，充分体现了他平时对围绕王可以的所有事务和事物的神级窥探：

“见客户你喝半杯红酒还不够吗……”

“口红怎么可以在网上买呢……”

“这次例假量少，跟你穿露脐装是有关联的……”

…………

空间啊！没有空间啊！

窒息啊！真的很让人窒息啊！

或许，这是黏贴症戛然而止后的副作用吧？

所以，王可以忍了。

可王可以忍了，他就倍觉寂寞，总要设法挑起争吵。于是，在争吵时显现出了他超越正常人类数倍的记忆力，连小学期间王可以用圆规扎同桌胳膊的日期，当时上的是什么课，全都如数家珍，每次都能搞得王可以瞠目结舌。

这天下班回家，看到魏强缩在沙发里，面色阴沉，两眼还含着泪花。

“又怎么啦……”

“王可以！别以为我不、知、道！”

“什么意思啊？”

“你心里清楚得很！”

哎呀?！这种诱供的套路市面上都玩儿烂了，挑衅是吧？

谁想王可以还没怒呢，魏强先爆发了：“你跟别的男人藕断丝连你把我当成什么?！把我当成什么——”

然后，居然哭了，哭得让整个屋子充满了一股丧尸味儿。

追问之下，王可以才知道，爆发的原因，就是她在微信朋友圈里给隔壁小王发的一张照片点了个赞，唉……这醋，吃的有多没来头啊！

等等！魏强怎么会有隔壁小王的微信？

逼问之后，魏强招了。

原来他一直对隔壁小王还住在隔壁相当警惕，于是有天，用邻居式的亲切跟对方要了手机号，随后用一个叫“童颜巨乳不是错”的小号成功跟他加了微信，还换了马甲潜入了他的微博，开始搜索蛛丝马迹……

再加逼问，事儿还不止这一桩，他还用王可以和吴天昊名字的拼音开头字母，破解了王可以的电脑开机密码：THWKY229，推演逻辑，是“天昊、王可以、爱爱久”，好淫荡啊！这个逻辑，让他内心晦涩到绝望，曾有一个月圆之夜，还萌生了跳楼的念头……

天啊！王可以疯了，她的密码，明明是“土豪王可以”加上生日2月29号……

这下，是真的绷不住了：“魏强！别以为我不知道！”

“啥意思啊？”

“你自己心里清楚得很！”

王可以这个真不是套路，随后她就倾倒垃圾一样，曝光了忍了他很久的很多事，包括但不限于：偷偷翻阅她QQ空间，变换各种马甲进行各种试探，打听她身边的所有人并跟她身边所有人打听她，从化妆品卫生巾等日用品的品牌更换寻找与移情别恋之间的因果关系……

最令人发指的是，有回饭局，新认识了一个刑侦处的痕迹专家，相谈甚欢，聊来聊去竟是魏强的朋友，得知她叫王可以后，这位专家就借故拉她出去私聊了：“王可以，你没犯啥事儿吧？”

一说才知道，某日，魏强在她车里发现一根质量稍粗的断发，于是，疑心病起，居然找了这哥们儿做DNA鉴定，直到最终比对与王可以相符，才算放了心……

“你把我当犯人监视吗？信不信我真就移情别恋给你看，老娘逆反起来什么事都干得出来——”

王可以的吼声让全楼的感应灯都亮了。

于是，魏强老实了……

“我去，物器窥秘症啊。”隔壁小王得知情况后是这么惊叹的，随后，觉得自己创造“物器窥秘症”这个名词很有范儿，就去网上扩散了。

“物器窥秘症……”王可以洗澡的时候，满脑袋都在琢磨这个新名词，觉得说不出的猥琐，随后发现想换用的新浴巾忘拿，推开门，正发现魏强鬼鬼祟祟在翻她包……

于是，“扑通”就给跪了：“爷！您这是病，得赶紧治啊——”

第二十八章

其实，最变态的还没说呢。

除了“黏贴症”“物器窥秘症”外，魏强还有一种极其巫毒的习性：一旦被限制肢体接触，他会显现出一种行为与纪律严重冲突后的无所适从，坐立不安、抓耳挠腮。之后，就会在防不胜防的某个瞬间，忽然突破“限制距离”，一口咬到你肉上，或肩头，或胳膊，只要裸露在外，咬到哪儿算哪儿。然后，要么满足地留下两排牙印，要么不满足地把嘴当吸盘，就那么含着，直到吸盘撤走，在肉上留下一片禽类畜类检疫合格章般大小的红印。最不堪的是晚上，这厮必须含着什么才能入睡，含什么？就自行脑补哺乳期婴儿的画面吧。

反正，王可以把这种习性，冠名为“嘬奶症”！

“爷！您这是病，得赶紧治啊——”

“别别，别闹……”

“给我去看医生！”

“不至于吧？”

“不去你就搬出去！”

于是，魏强妥协了……

去看医生的路上，魏强显得相当局促，嘴里还念念有词，听着像在盘算怎么不失体面地应对大夫。

王可以暗自冷笑：别逗了！姐给你约的可是国际心理学会常务副会长、国内顶尖的心理学专家，最牛X案例就是让一个连环杀人犯在死刑前痛定思痛，皈依了黄大仙！就凭你，哼哼，包你在他面前就像拔了毛的凤凰，落回鸡的境界，声泪俱下，幡然悔悟，痛改前非，重新做人！

关键的关键，这专家很贵！

专家就是专家，一出场，气质雍容，沉稳笃定。

但一见魏强和王可以这个组合，立刻就被外观上的年龄差异给误导了。看魏强那眼神，聚集了对油腻大叔泡小蜜的所有愤慨和鞭挞；看王可以那眼神，充满了对女孩子罔顾爱情傍大款的惋惜和怨念。

于是，说话的语气也变了，怎么听怎么都像一个急着宣判的大法官。

可谁曾想，问题就出在他像法官这上头！

专家像法官，把魏强给搞抖擞了，交谈不到十分钟，这厮就焕发出了那种职业性的、不把活人说死不罢休的律师风采！

“不不不，No！我不认同这个定义！”当专家说出“口唇期行为”这个术语后，魏强开始了反击：“首先这种暗示性的术语会隐秘却作用严重地抹杀应症者的内在人格，从而进入你主观预定的轨迹，于是反射出与你相应的回答，最终落入你带有严重心理误导的诊断定义里！”

“嗯，说下去。”专家一开始还是很有涵养的。

“每个人都是不同的个体，心理结构不同，年龄职业经历以及成长环境等等各有不同，导致对待事物的方式也不相同，过分强调生命的病理部分以及人格缺陷在心理学学术层面已经是落伍的方法论了，对不起，弗洛伊德的力比多，过时了。”

“我有说弗洛伊德吗？”专家有些二乎了。

“我所表现出来的那些状态，作为一个成年人确实显得有些幼稚，但任何时候我们都不要忽略一个字，爱！”魏强捋了捋飘散的细发，擦了擦嘴角的唾沫，“当一个人与亲人或者爱人，当然，不是名义上而是那种真实让你没有任何防御感的亲人或爱人面前，或多或少都会反射出一种非成年性的亲昵，抚摸、依偎、轻轻咬，女人有这些行为叫撒娇，男人有这些行为却叫病态，请你认真解释一下这是科学还是一种赤裸裸的性别歧视，而更可怕的是这种性别歧视，竟被你潜意识地带到了诊断中来而你却还浑然不知！”

“合着，是我有病？”专家开始冒汗了。

“您的潜意识反射与我对王可以女士所反射出来的亲昵行为如出一辙，不同的是我的反射只是人类生命及生活中的原始性表达，而你却本能地认为这是病态，从而病态地将这种潜意识加入在你对应症者的审判上。你就像南京彭宇案的那名法官，把自己的病态道德观强加在他人身上，于是有了谁扶老人谁就必然是肇事者的黑色定义！”

“难道……真的是我有病？”专家脸色苍白了。

“这就要追溯到童年了，为什么我的心中充满了爱，而你的心中满是阴暗?！是什么在你童年造成了挥之不去的阴影，以至于你的内心充满了一种利用心理医生这个职责便利，按你所好向别人挥舞道德权杖的欲望?！那个阴影塑造了你人格中的另一个你，那么那个你是谁，现在的你又是谁你、到、底、是、谁——”

于是，专家停症了。

然后，用了足足三个小时，痛哭流涕地向魏强诉说了从幼儿园到大学一直都被校园霸凌、仰慕各类女神却都只敢回家意淫、四十岁结婚时还是处男等等不堪历史，那状态，完全像拔了毛的凤凰，落回了鸡的境界。

于是，王可以完全就傻掉了。

“理解自身的阴暗，是约束权杖的最好方法。”魏强临走时撂下了这么一句。

然后，专家主动加了他微信。

出门，上车，魏强春风拂面，本能就想咬王可以的肩头，谁知一扭脸，王可以的大牙却“呼”地咬在了他脖子上！

王可以这个恨啊，回想头晚起夜时，迷迷糊糊看到魏强在藏手机，瞬间明白了这货一整晚成功地捂着她大腿却还彻夜未眠，竟是偷摸在手机百度弗洛伊德和荣格，彻夜在恶补！更可恨的是他就恶补了一晚上，就说疯了一个顶级专家，天朝的心理医学还能信吗?!

“为什么放弃治疗?！”

“我又没病！”

“没病你为什么克制不了那些行为?！”

于是，魏强不说话了。

许久，才哆哆嗦嗦地叹了口气：“我就是害怕……”

“害怕什么？”

“不知道……触碰不到你，就会觉得不真实，害怕……”

这话乍一听很low，可一琢磨，王可以的眼泪就下来了。

她听董建说过，当初魏强离婚，他老婆没哭没闹，只是问了一句“为什么”，而他的回答，也是“我不知道……”

于是，离了。

于是，一个中年人，四十多年养成的理性习惯以及由此为基础的理性生活，被一个从未有过的冲动，完全地改变了。

于是，这个世界，对他来说，就从轨迹上被颠覆了。他就像国家忽然革命了的体制内人群，灵魂被生生按在一个全新的躯壳里，硬生生地去面对一个陌生的世界。

于是，像婴儿般的无助。

王可以想到儿子当年懵懵懂懂意识到父母离婚的时候，一度是那么的惶恐，却对一切的发生不知所措，只能每天粘着她，片刻不离要抓着她的手，甚至哪怕只是一截衣袖。

那状态，真的跟现在的魏强好像。

事实上，男人要比女人脆弱得多。他们外表强悍，敢于推翻一切，可说好的重建，其实在推翻时只是毫无规划地一厢情愿。于是，面对推翻后的一切陌生，他们无所适从；于是，感到万般错，感到恐惧，想要蜷缩着躲藏进母亲的子宫里。

但是，就像魏强一样，一切都来不及了。

“那个，不理智的冲动，毕竟是因为我……”王可以这么想，眼泪就止不住。

“这些行为，只是亲昵的过火而已，计较，是因为不够爱吧……”

王可以这么自责，于是觉得魏强好可怜。

回想起来，这是第一次为一个男人哭泣吧？

是的，哪怕是对前夫吴天昊，她骂过、恨过，却从没为他哭过。

都说女人喜欢让她笑的男人，却会爱上让她哭的男人。

会这样吗？

第二十九章

是不是自己不够爱?

这个问题,是个魔咒。

王可以想要爱魏强,但纵容那些巫毒娃娃式的各种怪癖,又实在是难受。一难受,就怀疑自己不够爱;一怀疑,就开始自责。

结果,相处,变得好纠结。

好在还有闺蜜,总能在雾霾的时候刮大风。

这天,高敏兴冲冲来电,邀请王可以携带魏强共赴海港度假游。

原因是,董建升官发财啦!

皇天有眼,银行行长忽然遭遇神秘调任不知去向,几个副行长忽然一反欺压董建的常态,一致推举了他当行长;无独有偶,这时候董建又忽然得到多家内部消息,股市

可以 在路上

不是我在这个世界，而是世界在我这里。

可以在路上

假如终其一生，找不到最适合你的另一半，不要懊恼，更不要沮丧，冥冥之中，一定有个更大的使命在等待着你——老天必定会赋予你特殊的才能，让你专注自己的特长，做出一番对全人类都更有益的事业来。

必须政策性地进入牛市，然后，忽然就势如破竹地融资到了四倍杠杆！

“命运是波浪形的知道吗？有波峰波谷的知道吗？董建这是触底反弹了知道吗？”高敏的三个“知道吗”，把所有人都给燃亢奋了。

目的地，海州港！

旅行，流行的就是说走就走。

于是，租辆房车带上钱，走起，伴随着相当暴露年龄的小歌曲：让我们荡起双桨……

开出一百公里后，王可以隐约看到一个“前方补胎”的纸牌从窗外倒掠而过。

然后，扎胎了。

顺着那张纸牌的信息找到修车店，老板非常快速地卸了车胎，做了检查，然后说：“这钉子扎得非常巧合，就在没法补的地方，轮胎，得换。”

然后，三千块。

到了只有他们一辆房车敢去的房车俱乐部，对方坐地起价。调头走，出门就见一条赖狗很专业地躺在了车轮前头。于是，一条职业碰瓷狗，招来了一群职业勒索托儿，非说中华田园犬已是珍稀物种。

然后，三万块。

再开二百公里，到了海州港，饥肠辘辘下饭馆。结果，指甲盖儿大的虾，菜单上 60 元一份，结账时 60 元一只，指甲盖大小，满满一盘啊……

打电话投诉，号还没拨出去，彪形大汉冲出几个。

然后，这回是真没钱了，只能撒腿跑……

丧家犬似的奔进了个海军大院儿，追兵才算掉了头。四个人头发蓬乱衣冠不整，谁看谁都像是北京排华事件里的低端人口。谁想这个时候，王可以忽然听到脆生生一嗓子："魏强？"

然后，来了个四十多岁年纪、满脸正能量光芒的女人，还带着个跟班。

"魏强，你怎么来这儿了？"

"哎，董建？你俩在一块儿呢？"

"呀，这个小妹妹……就是你说的王可以吧，哈哈，魏强你的确有眼光。"

我靠！魏强的前妻！

狼狈！最狼狈的场面居然被他前妻撞见！

偏偏，魏强这货没出息，还跟前妻述说了这一路狼狈。

结果，前妻一个电话，给大家在海军大院儿的招待所订了房间。

"我还有点事忙，晚上请你们吃饭！"前妻脆生生甩下一句后，救世主一样地坐上车走了。

“哼！不就是个 IT 服务商吗？”王可以得知前妻跟海军的业务关系后，非常大气地想，“商人重利轻别离，晚上那顿饭也就说说而已吧。”

结果，晚上一顿海鲜宴。

催着去时，王可以才后悔小看了前妻，导致自己连妆都没化。

“哼，前妻请吃饭，”王可以非常大气地揣摩，“无非就是跟现在时叫板嘛！”

哼，姐是过来人！

于是，瞬间脑补了前妻叫板三板斧：

1.跟前夫表达离婚人畜无伤，她现在过得很开心。

2.跟后来者显摆金钱人脉社会地位，表达自己处处比你强。

3.临时拽来一个高富帅冒充新男友，表达走出旧婚姻后的美好生活。

“哼，无非如此。”王可以非常大气地想，“我只要表现出对魏强无所谓，就不战自胜了，其实我对魏强本来也不太有所谓。”

“当然，前妻黯然神伤时，还是要主动去安慰滴……”

有了战略之后，王可以已经自行脑补前妻躲在角落哭泣，自己过去开导，然后女人惜女人相拥而泣的一系列画面了。

这时，王可以自己都不知道这是种什么心态，可能是第一次与前妻相撞，状态过于落魄，有种落败感吧。

结果，前妻来了，一个人！

我去，说好的高富帅呢？

“其实一个人也挺好。”

听到前妻这么说，王可以就放心了：“哼，果然，她要开始表达自己离婚后很开心了。”

结果，前妻却跟魏强聊起了几桩社会热点问题，就像久没见面的老同学。

结果，董建也没眼力价地参与了进去，聊起了股市。

“对，股市，哼哼，前妻肯定会借着话题捏造些内部消息，表达自己的社会地位水很深。”王可以这么想。

结果，前妻说她不做股票，说她胆儿小没出息，有钱就存银行。然后，就跟更没眼力价的高敏聊八卦了。

我去，这是什么招？

前妻对魏强和董建夫妇表现出来的这种老朋友状，真是让人没脾气，好像离婚什么都是浮云，感情该在的都在，过去该有的还有，走了说个再见，再见了就凑桌好酒，笑看红尘，泰然境界！最可气的是，人家，这一切，还不是装出来的。

王可以不淡定了:前妻要是来打仗的,好办,表达大度就是,魏强也没那么香饽饽。结果,人家根本就是来叙旧的,这就“啪啪啪”打脸了。于是魏强就变得很重要了,前妻无视我存在,这断不能当我是空气啊!

于是,王可以在聊天声中发出一个恰到好处的咳嗽声,然后很关怀地:“魏强,你胃不好,少喝点酒。”

“我胃没事啊?”魏强的回答简直没心没肺到了极点。

倒是前妻有礼数,把话糅了过去:“等胃有事儿就来不及了,少喝点。”

然后,很礼数地跟王可以开聊:“魏强这人吧,家教古板,所以没情趣,亲热话不会说,想他有个亲昵举动,都生硬得很,亲你下,抱你下,夫妻间这种小动作,在他那里就不存在,让他有,还别别扭扭,唉,这家伙,也不知道哪来的福气,让你给看上了……”

什么什么?这说的是魏强吗?

“哪儿呀,他小动作多着呢!”

王可以可算找到了突破口,聊起了魏强的“黏贴症”“物器窥秘症”“嘬奶症”……

结果,听得前妻瞠目结舌:“太夸张了吧。”

于是,王可以忽然意识到,整一顿饭,魏强的手都规规矩矩,没有一秒钟在她身上。

于是慌了,为了证明自己没夸张,她一把拽过魏强的手就贴大腿上了。

“是真的,魏强可粘人了……”

结果,这厮触电似的又把手抽回去了:“别闹别闹,吃菜。”

这家伙,王可以整个大红脸。

这家伙,前妻误会了。

于是,特别同情加关怀地对王可以说:“小妹妹,我跟魏强婚都离了,你紧张个啥呀?这些小招儿,有点 low 哦。”

“事事、事实就这样,怎怎、怎么就成招儿了呢?”王可以都结巴了。

“嗨,姐走的桥比你走的路还多呢,你那点小心思还看不出来,没事的呀,我跟魏强、董建一样就是朋友啦……”前妻的笑容坦荡得极其可恶!

“别姐啊姐的,告诉你,老娘今年……”王可以恼羞成怒地喊到一半,却生生把四十一这数字给咽了回去。

因为,这时来了个眉清目秀、青春洋溢的小海军。

“徐总,”小海军说话的声音也是清风拂面,“指导员派我接待你们。”

原来,前妻业务繁忙,饭后就要返程,怕照顾不周,还给王可以这倒霉四人组找了个“导游”。

于是，王可以强烈的挫败感就被更强烈的装✕心给摆平了，荡然无存。

于是，这顿饭吃踏实了。

于是，前妻告别时，她还很没出息地拥抱了她。

所以，深夜时董建接了个急电，然后跟魏强神秘兮兮地连夜赶回城里，王可以也都没太上心。

事实上，也是睡得死，魏强没忍心叫醒她。

但魏强肯定不知道，当时她在做梦，梦里头，小海军很无礼地骚扰她和高敏，高敏去报了警，她半推半就……

第三十章

“中国范儿就是这样的气概，中国范儿就是各种各种爱……”广场范儿的彩铃叫醒了一帘幽梦。

电话是高敏来的，叫起床；彩铃是魏强设的，说是听着精神。

“早上起床黄金九分钟，做对了可以多活十五年”，王可以脑袋里本能一样回荡起魏强的声音，然后，本能就要进入魏强熏陶的起床程序：搓手、摸头、挠耳朵、转眼珠、搓鼻子、卷舌头、揉肚子、提肛门……

去他娘的！王可以掀开被子就翻下床了，小海军今天来导游，不能让人等！

所以，只化了个裸妆，还扎了马尾辫，心机地照照镜子，哼，就这么童颜！

于是，小海军见到王可以和高敏后，对前者直呼其名，对后者敬称“大姐”。

“你要敢暴露我年龄我就跟你翻脸！”王可以如是威胁高敏。

小海军，名叫江小涛，换了身便装，那叫一个帅啊……

“处女岛”，刚获批了4A景区，但这里没历史没文化也没故事，所以素以脑洞奇大著称的旅游局也没了方向，所以一直晾在这里，啥设施没有，公厕还锁门。

“这地方真没劲！”高敏唠叨上了。

“可这里有海有礁石啊，”江小涛慌了，指着块儿长着海苔的礁石就编，“这块礁石……知道吧……它有传说的，它它、它叫杰克……”

“我还是露西呢！”

“不不，她是露西……”江小涛指着王可以，满眼求救的目光，“很久很久以前的某一天，对吧，露西和杰克走在沙滩上，对对、对吧……”

“对啊！他俩是情侣！”王可以赶紧救场，“所以嘛……”

天必须是蓝的，当然，还要有白云、笑声，必须没有色情成分，所以，必须是银铃似的……

银铃似的笑声，在金色的沙滩上荡漾。露西和杰克这对情侣，长得跟王可以和江小涛一样……

好吧，就算本地化吧，王可以和江小涛在沙滩上追逐嬉戏！

忽然间，天昏地暗，妖风卷起了汹涌的海浪，海妖高敏握着渔叉、就着海浪向他们扑来，嘴里还发出恐怖的吼叫声："他、是、我、的——"

王可以本以为海妖高敏垂涎江小涛的美色想要掠夺，于是，举起两个哑铃做出对战的架势："有、种、冲、我、来——"

"我就是冲你来的哈哈哈哈——"海妖高敏淫笑着用渔叉往下一指，王可以脚下的沙滩就开始塌陷。

"怎么可以这么变态啊——"王可以恐惧地大叫，"江小涛快救我——"

于是，江小涛开始变形，像变形金刚那样，"哐哐哐哐"变形成了一艘登陆艇，撞飞海妖高敏，带着王可以乘风破浪而去……

"凭什么我是反一号？不行！"高敏的抗议，把王可以和江小涛拉回了现实。

"要不……重来？"江小涛很有服务意识。

高敏很有心机地对王可以说："哼，这次，我要先出场！"

怎么出场呢？江小涛看见了沙滩上一个海螺……

围着麂皮裙的高敏女神正跪在沙滩上，用海水混湿了沙子，堆出一个个飞禽走兽，栩栩如生，随后，她噘起红唇，对它们一一吹气。

天哪！那些飞禽走兽全都变成活的了！

天哪！高敏女神难道就是女娲吗？

正这时，伏羲江小涛驾着五色祥云轰然降落，挥舞着定海神针金箍棒大吼："西方邪恶势力雅典娜！吃我一棒！"

原来，高敏女神是出了名的恶神雅典娜，她亡我中华之心不死，创造那些没有灵魂的飞禽走兽，就是要带领它们为祸华夏大地！

然而，大战三百回合之后，伏羲江小涛却被雅典娜高敏用吸星大法钳制了任督二脉，毕生功力开始源源不断地被吸入到雅典娜高敏体内。

"哇哈哈哈……"雅典娜高敏的笑容相当的狰狞。

生死存亡之际，真正的女娲王可以骑着一个巨大的海螺飞速赶来，一导弹轰翻了雅典娜高敏，救走了伏羲江小涛。

五星红旗插在了大海螺上，伏羲江小涛与女娲王可以乘风破浪而去……

“你们要我啊?！不玩儿了！”

高敏再次的抗议，再次把王可以和江小涛拉回了现实:“我要去海钓！”

于是,租来一艘小渔船,出海了。

看着江小涛满头大汗地指导笨手笨脚的高敏海钓,王可以不由得有些心神荡漾,她发现江小涛像是有个奇怪的功能,就是随时随刻,都能打开她的脑洞,让她进入到童话的世界里去……

“怎么还没有鱼上钩?”

“耐心、耐心,大姐……”

黑瞎子岭二当家王可以,看着烈士遗孤江小涛浑浑噩噩地陪着女海盗高敏浑浑噩噩地钓鱼玩耍，心中一片悲悯:江小涛啊,你可知道,你已被高敏灌下了忘情水,忘记了国恨家仇历史使命,还有你的爱人,我,王可以……

“打住打住,”一无所获的高敏懊丧地回到王可以身边,“你在干吗?”

于是，王可以被拽回了现实世界:“没干吗，编故事呢。”

高敏很警惕地:“禁止意淫,专心看钓鱼、等吃鱼！”

嗯,专心看钓鱼、等吃鱼。

江小涛在船头海钓的身形,映着夕阳,周身罩着朦胧的光,散发着青春的荷尔蒙,哦不,汗的气息,真是……太勾人了……

“我可以出轨吗?”高敏偷偷跟王可以耳语。

“出轨会遭报应死全家的!”王可以恶狠狠地摆平了她。

还不放心,晚上吃完鱼回了招待所,又整整给高敏上了两小时的女德课。

因为什么,她自己都觉得不可思议……

第三十一章

但是,还是遭报应了。

凌晨,魏强给王可以打电话:董建出事了。

赶回家,听原委,高敏头遍没听懂,听第二遍,号啕大哭诅咒社会。

天上掉馅饼,一定不是好事儿,而是坑!

话说之前,行长忽然神秘调任不知去向,几个副行长一反常态把董建推上位,竟然全是套路!

事实上,是有某打死不能说是谁的大佬,暗示行长给一家空壳公司批贷款,行长不敢得罪,也不敢批,求老上级开了一纸暂调函,躲了;几个分行长谁也不敢接,就把董建拱上位,害了;董建心怀感恩,前行长遗留的事项,就落实了。

于是,空壳公司没了,两千万骗贷人间蒸发!

结果,前行长一纸调令又回来了,回来就把“违规贷款”的董建给办了!

革职,是肯定的,把错误归咎到个人,以显示银行本质是好的。

既然错误是个人的, 那么两千万窟窿就得个人给填上,否则,坐牢是妥妥的,职务犯罪零容忍嘛。

所以,董建夫妇的当务之急就是卖房筹钱。

硬着头皮去找老爹老妈,指天发誓这次卖房不是为了离婚而是夫妻同心共患难后,二老终于咬着牙槽子,哆哆嗦嗦从米缸里挖出了房产证。

可是,楼市低迷啊,国家政策性调控,又限购又限贷,舆论风向全是楼市将会持续走跌,小户型都不好卖,大别墅就更甭提了。挂牌价一降再降,一个月过去,还只是有人看,没人买,来看就砍价,砍下去了又不买。

眼看银行那边一天天紧着催,坐牢的可能性一天比一天大,董建急得是两鬓全白,高敏遇到王可以是除了哭诉还是哭诉。

社会怪相,王可以当然是要义愤抨击:“人心向贱啊?!房价吹泡沫,卖血卖身也要买;房价优惠再优惠,各个捂着口袋不露白!”

闺蜜落难，王可以当然是要两肋插刀："房子不卖了，老娘给你们凑钱，绝不能让董建蒙受不白之冤！"

可是两千万啊！魏强离婚是净身出户，指望不上。

她的钱，也全在公司里转着呢！

于是，第二天一上班，就把小裴经理叫办公室了。

"快！给我准备两千万现金！"

"我去！您包养明星啦？"

"别贫！我知道账上有！"

"疯啦！那是投资新生产线的！"

"投资撤了，钱给我！"

结果，小裴经理破天荒地长血性了："发展实体经济的钱用来搞低级趣味！我小裴经理决不答应！"

于是，王可以就哭了，一边哭还一边骂，从小商小贩缺斤短两、微商传销坑蒙拐骗骂到达官贵人背信弃义为谋私利六亲不认，最后，上升到畸形教育民族劣根，更年期妇女的负能量排山倒海，直接把小裴经理拍得跪地上了。

"太后啊，您的江山要亡啊！"

"马上去办——"王可以的吼声穿透了整层办公楼！

结果，十分钟后，王可以又把小裴经理给吼回来了："马上给我停办——"

据说，这天之后，小裴经理改变了世界观，觉得广场舞大妈已经不算讨厌了。

原来，小裴经理马上去办的那十分钟里，高敏来了个电话：房子，卖出去了。

“卖出去了？哪个土豪？我要跟他做朋友！”

“房产证上的名字是魏小桥。”

等等！魏小桥？那不是魏强他女儿吗？

还真是……

原来，魏强这段时间也在帮董建找买主，可调控政策之后土豪囤原石、囤字画，就是没人再囤房。

于是，他就找了前妻商量。

前妻精明，董建这卖价，应该算触底了；董建这没钱就坐牢的境遇，应该还能再压个价。

于是，前妻就用女儿的名义买了董建的别墅，果真还又压了价。

这价，压得也学问，别墅市值三千万，抵押银行两千万，她给了个两千零五十，因为这多出的五十万，董建夫妇还感激涕零的……

了解到这个内幕，王可以就火了：“魏强！你这不是趁火打劫吗?！”

王可以扣这帽子，魏强就惊了：“怎么就趁火打劫呢?!”

房,卖不掉;钱,急需用。没辙了就得抵押银行,银行拍卖卖五万个亿,也多给不了董建一毛钱,现在董建燃眉之急解决了,还比兜底多了五十万,明明是救场,满满正能量,怎么到王可以这里就变恶取向了呢?

这理儿吧,还真没法反驳。

但王可以还是从逻辑当中找到了突破口:“魏强!你不把董建没钱就坐牢的情报出卖给前妻,前妻就不会再压价!”

一找到突破口,负能量就以自我保护的方式迅速放大。于是,王可以从小商小贩缺斤短两、微商传销坑蒙拐骗想到达官贵人背信弃义为谋私利六亲不认,最后,上升到畸形教育民族劣根。于是,魏强怎么解释都不对了,就觉得他细发飘扬的脑壳子精明算计加冷酷。于是,自己吓自己地开始对他妖魔化,觉得他讨厌。

其实,这事儿吧,物理上讲,魏强夫妇也没啥错,讨价还价天经地义,否则,董建和高敏也不会半句怨言没有。成年人的理性世界中,这就是一桩正常交易,在商言商。

错,就错在魏强面对的,是个激情爆发的王可以,就跟青春期还没过完似的,一到朋友的事儿,就裹挟上感情和情绪,义字当先,理字靠边。

或许,这是一个根儿上的问题:魏强和王可以,就不是一类人。

第三十二章

屋漏偏逢连夜雨，董建好不容易补上了银行那两千万窟窿，股票又沦陷了！

前段时间，股市一路高歌，在“国家牛”“改革牛”“现金牛”的各种“中国或成最大赢家”之下，中国股民们开始为了股市直奔一万点，各个都撸起袖子加油干，董建就是在这种聒噪的大环境，超越凡人地给自己融到了四倍杠杆。

紧接着，股市暴跌了。

结果，国家队吹响救市号角。

结果，千股跌停。

于是，A股抛弃最后的尊严，以黑色幽默的方式断崖了，亿万茬韭菜，一点儿逃生机会都不留。

于是，董建的账户被强制平仓，一千多万的本金连同借款全赔了进去。真就是刚从坑里爬出来，谁知坑边还有井,落进去,井水就没顶。

人情是地球上最滑稽的东西,董建融资时,刚被拱上行长宝座,亲眷朋友举着“大佬吃鸡咱喝汤”的大旗,削尖脑袋把钱交给他打理;现在董建阴沟里翻船,翻船再翻船,就全变成了冤亲债主,翻脸比翻书还快,“还我血汗钱”的标语都贴门上了。结果,发现董建已是拔光了毛的弱鸡,就想到了法律,联名把他告了。

人情冷暖,谁背谁知道。

这回,董建真是栽到底了,翻身的机会都没有!

于是,凄凄惨惨戚戚,劝高敏跟他离婚,免得被连累。高敏偏就仗义了,死活没答应,这次第,怎一个“愁”字了得!

不能看着两口子走向绝路吧,王可以就跟魏强商量,怎么再帮他俩一把。

怎么帮?公司账上的钱,已经投到新生产线里了,再想拿出一千来万,唯一的办法,就是出让股份。

结果,魏强闷了三十分钟,挤出了五个字:救急不救穷。

上一回是救急,作为朋友,帮忙天经地义,虽然他帮忙的方式方法有待探讨;但这一回,董建丢了工作,还债台高筑,高敏又是一“寄生虫”,吃嘛嘛香,干嘛嘛不行。而且这俩都已人到中年，没了翻身的机会，借他们一千万，等于打水漂，这辈子都没能力还……

道理没错，可说出来，怎么就觉得那么冷酷。

于是，王可以脑袋里涌出了上千万个“滚”字。

于是，眼见着“滚”字就要从嘴里出来之前，魏强识趣地滚了。

“王可以，这只是我个人的一个建议。”滚之前他给了这么一句。

你的建议算个屁！第二天，王可以带着一种“老娘就要作死”的心态，一进办公室就叫来了小裴经理。

“约谈垂涎本公司的那几个大佬，我要出让点儿股份。”

“您包养的明星谁啊？有完没完？”

“亲，听话，去办。”

“出卖领土满足搞低级趣味！我小裴经理决不答应！”

“亲，这一次，人拦我我杀人，佛挡我我杀佛，听懂了吗？”

“太后英明。”小裴经理在浓浓杀气之下，仓皇遁去。

据说，这天之后，小裴经理又改变了世界观，觉得广场舞大妈已是千娇百媚了。

一周后，王可以找到了下家，以极低的价格出让了公司15%的股份，马不停蹄把五百万签约定金送到了董建手里，并让他通知各家债主，所欠的本金连同利息十天内如数付清。谁知，三天后，董建把这笔钱又还回来了。

一问缘由，又是魏强。

原来，魏强得知钱的来源之后，知道说服不了王可以，就私下里自作主张找了董建，把王可以低价出卖公司股份的过程描述得凄凄惨惨戚戚，像极了慈禧太后割让领土。

于是，董建羞愧难当，不干了。

“她不能那么做！”

“唉，她就那么一人，公司改制后，老红光厂的退休职工，现在还养着呢。”

“我拿这笔钱，那就是造孽啊！”

结果，就来还钱了。

还钱？那你怎么办？

董建爽快地说了两个字：“坐牢。”

一问缘由，又是魏强。

原来，魏强给董建算了笔账：董建借款的户数超过了30个，每户借款金额超过20万，已经构成了非法吸收公众存款罪。但虽说是罪，金额并不算大，性质也不算严重，算到头，顶多判三年，人坐牢，账全清，三年后，一身轻。

“这官司我帮你打，争取压到两年。”魏强这么承诺。

“你算是把高敏给救了。”董建感激涕零。

了解到内幕，王可以又火了：“魏强！朋友患难，你居然还落井下石！”

王可以又扣帽子，魏强就又惊了：“我怎么叫落井下石呢?!”

董建一人做事一人当，不连累老婆不拖累朋友，三两年后一身轻松从头再来，心若在，梦就在，明明是个大智慧的计策，怎么到王可以这里就叫落井下石呢?

这理儿吧，还真没法反驳。

但王可以这回也不想找突破口了，她觉得晦涩：“这话，我憋很久了，你让我觉得讨厌，咱们，相忘于江湖吧。”

于是，魏强慌了神，马不停蹄把钱又给董建送过去了。

“这钱，你得收下。”

“不，这钱我不能收！”

“收下。”

“不收。”

“大哥，我给你跪了行吗？”

于是，董建夫妇勉为其难地收下了：“唉，监狱我都打听好了，狱长是我一发小，可惜了……”

第三十三章

其实，对待高敏夫妇的这两件事儿，要换作魏强和他前妻，不但没毛病，可能还会相互赞叹对方处事之理义双全。

但就如之前所说，魏强离了婚，就从轨迹上颠覆了生活，硬生生在面对一个陌生的世界。首先，就是一个从轨迹上就完全不同的王可以，世界观和容颜一样，停留在青春期里，相信简单，依旧可以在说“谢谢”或许都要绕上九十九道弯的东方文化里活得长寿。他遇上她，就像三国面对三个火枪手，灵魂不在一个次元，却爱，但爱就会有介入。

于是，沦为她本能反抗的具象载体。

于是，万般错……

以上内容，王可以也有过反省，但人类很奇怪，一旦对某个人生发过“讨厌”这种情绪之后，就会一叶障目，看这个人,从此一无是处。

所以,“精于算计”这个标签贴给了魏强之后,对方飘扬的细发、微凸的肚腩以及保温杯里泡枸杞等等日常习惯,都在王可以眼里成为中年人被世故报应了的油腻,怎么看怎么不顺眼,天可怜见。

魏强也似乎感受到了这种情绪,于是,为了避免相处的尴尬,知趣地搬了出去,说是给彼此一个冷静的空间。

可人类也很犯贱,相处时各种嫌弃,不在一起了,又各种念想,屋子冷清了,王可以就开始回想魏强的好处。

于是,觉得对方虽然努力善解人意却总歪解人意,但至少对她是贴心的。

于是,又生歉疚,几次想要主动联系,但都因忙于公司股份转让的琐碎事耽搁了。

不过,想曹操,曹操到。

这天,刚在健身房里练完蜜桃臀,魏强发来微信,约她一起共进晚餐,地点,当然是那家贵到心疼的游轮餐厅。

小样儿!一定是想借着烛光摇曳纸醉金迷求和解,王可以这么想:哼哼,想用香槟玫瑰佐以甜言蜜语,就把我搞定吧。

给高敏两口子打去电话,结果对方说魏强也邀请了他们。

于是，王可以更是莞尔：小样儿！还叫帮手，这是必须要把我搞定吧。

时间不早，换衣服，化妆，以爬行的速度穿过堵车的一路，愉悦地跟着车载音响唱着暴露年龄的歌：心若在，梦就在，天地之间还有真爱，看成败，人生豪迈，只不过是从头再来……

一推开包厢门，王可以傻眼了——被他开过瓢的老炮情花谷主、油菜花田搞旗袍秀的市委书记、吃了正方吃反方的邪恶公知、满口大数据的海龟男、接吻必须嘴敷保鲜膜的洁癖牙医以及还没来得及产生纠葛就被删除的各路相亲对象，还有不能成为相亲对象但同样是得意的门生女性，这些人和董建高敏一起包围着老妈老爸儿子七姑八姨，外加角落里的前夫吴天昊……

王可以顿时想起，最近忙着董建夫妇和公司的一堆乱遭事儿，竟把老妈的生日给忘了。于是在给自己扣上“不孝”的帽子同时，对魏强感动涕零——他真是用心呢，默默操持，帮她补了多大的窟窿啊！

一感动，中年妇女的心境就上来了：这顿生日宴得花多少钱啊！这货净身出户后没剩多少钱啊！这么多吃货还请这么贵的餐厅，作孽啊！

但老妈高兴就好，虽然，老妈口口声声说“资产阶级这套不好不好”，但从她挨个儿问话的亢奋劲儿上来看，那种桃李满天下的自豪感是呈井喷状的。

教导主任，绝对是全中国最神奇的职业，其威仪绝对是伴随一生的，再顽劣的主儿，再有钱的豪，再两眼往上翻的官，只要是其学生，依旧得回归到毕恭毕敬的脸谱。

于是，“身体健康”“长命百岁”“万寿无疆”等等经典中国式祝寿词轮番上阵。

在如此高涨的热情下，平时挑三拣四的七姑八姨也都在山珍海味的腐蚀下，或臣服或被慑服地挑着老太太爱听的话说，太后吉祥，觥筹交错，一群熟悉的、不熟悉的人，在酒精的带动下相谈甚欢，不计后果地互加微信，甚至连董建的那张衰脸也有了难见的光彩。

这一切，怎能让王可以不感动？芳心大悦之下，之前所有的不快烟消云散，几杯小酒下肚，面若桃花，对魏强的媚眼也是越抛越多。

于是，在这当口，灯光忽然调暗。

随后，灯光又亮，服务生推来了花车，花车中央，一个精致的小盒。

再随后，魏强拉着王可以，款款来到了花车边，拿起了那个精致的小盒。

再再随后，他打开小盒取出一枚硕大的钻戒单膝跪地:“王可以,嫁给我吧！”

“噗——”角落里的前夫吴天昊一口红酒喷出。

但根本没人注意,忽然的求婚,瞬间就把宴会的气氛顶到了最高潮!

“嫁给他!嫁给他!”一浪高过一浪的喊声中,宾客们的亢奋到了极点——老妈幸福地倚着老爸，含泪的双眼,满满都是过期的白菜终于送出的欣慰;儿子大口大口吃着蛋糕,一脸都是等看好戏的期待;老炮想起了自己的亡妻,跟一个做了寡妇的女同学牵手而泣;市委书记忽然突破了旗袍秀的局限,忽然宣布要在油菜花田里建设一家同样的游轮餐厅;最神奇的是那位洁癖牙医,竟在冲动之下忽然攻陷了四十多年的顽疾,忘乎所以地抱过身边的高敏热吻起来……

好在长相英俊,董建又喝倒了,高敏只抗拒了 0.3 秒。

然而,王可以的心情,却在这个最高潮段落跌到了谷底——原来魏强费尽心机,就是想要借众逼婚。他算准了群情激昂之下,她绝不敢拒绝,否则老妈的面子彻底就得折在当场。

这、这、这太阴险了……

姐是老江湖,王可以几乎空白的大脑,驱使她悄然而且迅速地给小裴经理发了一个微信:电我!

于是,在众人等待她回应的关键时刻,小裴经理回应进来一个电话。

接通电话王可以就表演出了大惊失色:“什么?公司的水池子着火了?”

于是,借口公司出事,迅速说了圈抱歉后,迅速遁去……

为了表达公司确有出事,王可以拽着小裴经理连看了三场电影才姗姗回家。

谁想一进门,老妈老爸还有魏强,沙发里等着呢!

这一下,王可以的小宇宙就彻底爆发了,不等魏强开口,就开启了震惊全楼的狮子吼模式:魏强你心机太重了!绑架老娘,你休想——

第三十四章

魏强的过人之处不只是能过关，他还能斩将！

那顿豪宴作用之大，已经彻底腐化老妈为他站队了，而且还拖上了从来都没主意的老爸，更可怕的是，儿子居然也摆明了一副为虎作伥的姿态。

于是，主题为“魏强是个好对象”的团战以传销模式接连展开，微信鸡汤、面授精神、饭桌表态等等，令人发指地霸占了生活的每一个空间。

这是逼我战斗啊！

王可以怒了，哪里有压迫哪里就有反抗，若为自由故生命算根毛?！四十多年没说过不可以，今天老娘我反了！老娘我就杠上了！老娘我要跟强权势力斗争到底！革命先烈敢把牢底坐穿，老娘凭什么不敢把个教导主任拉下马？绝不妥协，绝不低头，老娘我就要做我自己！

所以,王可以带着奔赴沙场的豪气,给小裴经理拨通了电话:“今天的合作谈判,你一个人能搞定吗?”

小裴经理急了:“太后您对江山社稷负点责任行吗?人家可是意大利顶级设计工作室,几千家企业在抢合作啊?!”

但王可以为了战斗,什么都可以放下:“我相信,你是一个靠谱的中层干部。”

说完,挂电话。

然后,撒丫子就跑!

一路超速奔到高铁站,马不停蹄冲向自动售票机,买了张最近的班次,以被狗追的速度飞进站台扑进车厢。

紧接着,车厢门就关了。

哼哼,这逃跑速度,谁来得及拦截?姥姥!

气喘吁吁问列车员:“美女,这趟车是往南还是往北的?”

列车员懵圈了三分钟:“这趟车,奔向无限广袤的大沙漠……”

正琢磨这话里好像有哪儿不太对劲呢,忽然听到人喊:“王可以!”

转脸一看,哎呀妈呀!小海军!江小涛!我去!补妆来不及了!

可以在路上

时光终会将伪善一点点剥离，把你赤裸裸地展现于世人眼前，小聪明只能让你得意一时。

可以在路上

爱情于两性之间，本来就没有平等交换，有的只是谁比谁更能接纳一点，忍受一些。

"啊……哈哈……巧啊……"

"呀！是巧啊，咱俩还一排座！"

"我我、一身汗哈……呵呵……"

江小涛看着她笑了："看你一副有多远跑多远的面相，怎么了？被追杀啊？"

是的，王可以因得罪了"东方不败广场舞团"的大魔头教导主任惨遭追杀，教导主任党羽众多，尤其手下悍将，江湖人称"最炫民族风"的魏强，更是手段狠辣，王可以一旦落入他手，必将生不如死。天罗地网之下，王可以此时已无处可逃，只能祈祷一名盖世英雄，驾着五彩祥云……

"王可以，你也这站下吗？"江小涛的说话声，瞬间将王可以从童话中唤了出来，一看车票，还差好几站，一回脸，高铁已呼啸而去。

"其实……我也不知道想去哪……"王可以一脸迷茫。

"那就跟着我玩儿吧，反正我休假！"江小涛笑容灿烂。

这时，手机铃响，一看，小裴经理。

"娘娘，这些年我跟着您当鸭做狗、任劳任怨、溜须拍马、竭尽谄媚，但直到现在总共就涨过六回工资，每次从没超过百分之十，汗血宝马却被当成驴用，被您纳入后宫当面首的梦想估计也是渺茫，最终还得屈身别的女人，人生还得奋斗三十多年,心情,真是灰暗啊……”

“有话直说!”王可以打断了他。

“太后,您要不给我加薪,我就带着合作合约改换门庭!”

果真是个靠谱的中层干部,跟意大利顶级设计工作室的合作谈成了!

王可以意气风发:“爱卿,本公司5%的股份,划给你了。”

手机那头惊了:“太后,您是遇上喜事儿了还是嗑药了,珍爱生命远离毒品!”

王可以莞尔:“是比嗑药还爽的喜事儿,极大满足了姐的低级趣味!”

江小涛是趁休假回老家看奶奶,结果,王可以介入,竟就成了一趟玄幻之旅:

富春山居图、澳门风云、星际迷航、湄公河惨案,还奇迹般地遇见了神仙婆婆……

据二十年后《王可以回忆录》记载:江小涛老家,其实就是一个填湖盖河、乱砍滥伐、生态被严重破坏,老建筑被不土不洋整齐划一的水泥房取代,牛粪遍地鸟不拉屎电瓶车乱停放的新农村。

“富春山居图”，其实就是和江小涛上了个光秃秃的山头，与其他村民争抢之下，成功挖到几根野笋……

“澳门风云”，其实就是在小澳门杂货铺买到一支“禄箭”口香糖，放眼一望，“雷碧”“娃恰恰”“粤利粤”饼干、“康帅博”方便面，满货架都在出老千……

“星际迷航”，是号称山顶露营，结果贼尼玛冷，孤男寡女躲进一个破了顶的废砖窑里数了一晚上星星……

“湄公河惨案”还算与原情节贴点边儿，江小涛不小心掉水沟里，磕破膝盖见血了，何以为惨，整一路共拍死蚊子四十余只，四十多条性命，惨……

打通王、江双侠任督二脉的神仙婆婆，其实就是江小涛的奶奶，慈祥可亲，相处期间只重复两句话：

对王可以：“你是谁啊？”

对江小涛：“她是谁啊？”

王可以自己都想不到理由，为什么，如此无趣的游玩，跟江小涛居然就能玩出玄幻大片既视感，时时都在童话里。

这天，跟江小涛蹲在家门口用方糖引诱蚂蚁大军进攻断砖头搭建的巴士底狱，忽然顿悟，这……就是恋爱的感觉啊！

心里正在小慌乱间，忽然感到不远处一阵阴风掠过！

循势一看，竹林里一个细发飘扬的身形瞬间隐没！

魏强！是这厮！居然跟来窥秘！

王可以顿时怒从心头起，恶向胆边生，一把挽过江小涛："总有人想害朕，此地不可久留！"

魏强的出现，让王可以平地生出一种"老娘就要浪"的邪念。

正好，江小涛说要带她去见识一个神秘组织，于是买了一堆糕点零食留给奶奶，告辞而去。

为了甩掉魏强，王可以拒绝了江小涛坐高铁的建议，声称走古道，才刺激。

于是，3 小时骚臭无比的驴车，3 小时黑烟滚滚的手扶拖拉机，开进县城，继续搭乘全车不禁烟的长途客车，在几乎被呛到窒息时，总算到了其实高铁只需要二十分钟的沙马市。

舟车劳顿，王可以没了半条命，谁想江小涛打开一个院门后，瞬间满血复活！

"这，就是我们的神秘组织，铁翼骑士俱乐部！"

放眼望去，满院子形态各异的重型摩托，排列整齐，那种机械映着太阳反光营造出来的后现代气场，顿时就把王可以给镇了！

“这是哈雷，它是尊贵的酋长，粗犷有力不失优雅。”

“这是杜卡迪，就像一头猎豹，追赶风的速度。”

“宝马，狮子一样的王者，充满了爆发力。”

“本田的黄蜂、雅马哈的海豚、川崎的异兽，还有铃木的隼，足可以切断空气，四轮搭载肉体，两轮承载灵魂，飞起来，上云端……”

听着“铁翼骑士”会员江小涛两眼放光的讲述，觉得浑身满满都是荷尔蒙。

于是，王可以着魔了，就像前世的坐骑就在其中！

“王可以，骑过摩托吗？”

“没有，但法制不健全时有人卖了我驾驶本。”

“想不想做公路杀手！”

“立刻！马上！”

王可以挑选了一辆哈雷，毫不犹豫就跨了上去，一启动，那“轰隆隆”的引擎声，撼天动地……

结果，摔了。

就在爬起的一瞬间，后视镜里，看到一辆被灰土覆盖、前保险杠垮塌、一扇车窗碎了玻璃贴着胶带的轿车，车门迅速一开一关，细发飘扬的半个脑袋，惊恐地探出，又慌忙掩饰地缩了回去。

魏强！我靠，居然跟了一路，颠不吐的吗?!

让你跟踪！让你窥秘！

王可以一把拉过江小涛，红唇凑在耳边：“亲，教我开嘛。”

于是，她在前，江小涛在后，背贴胸，手把手，教起了她驾驶。时不时瞄一眼后视镜，灰头土脸的轿车还跟着呢。

于是在基本掌握要领之后，满心报复地开始飙车了。

于是尘土飞扬之下，在江小涛恐惧地尖叫之中，轿车没影儿了。

于是两个人追风的世界，一片灿烂……

折腾累了，饥肠辘辘，回俱乐部，羊汤走起。

刚坐下，江小涛手机忽然连续“叮咚”，有个陌生人要加他好友，一看昵称“怀揣小粉兔”！

我靠！那是以前魏强专门用来试探王可以周边关系的小号！

忘了！据说这厮买过间谍APP，专门捕捉别人的微号！

来不及阻止，江小涛边加着好友，边跑门口买羊肉串去了！

这一走，王可以慌了，魏强肯定是吃醋嫉妒恨，蓄意破坏，这厮肯定要打软肋，暴露她的年龄。年龄不是事儿，但坏就坏在她一直没说，这会儿被“揭露”，就变成了故意隐瞒，用童颜蜜桃臀欺骗涉世不深的好青年，想解释也难了……

慌乱之下，王可以歹念丛生：魏强，你要敢暴露我年龄，白刀子进红刀子出！

没多久，江小涛回来了。

见他眼神里满是疑惑，王可以瞬间丧失白刀子进红刀子出的锐气，㞞了。

接过他买的羊肉串，打心里，都是世界末日的恐惧。

“刚才那微信……”王可以还有一丝不要脸的希望。

“原来你是七零后！”江小涛一开口就砸在她死穴上。

“你怎么知道？”王可以心如死灰。

“怀揣小粉兔加我好友，聊了会儿天。”

魏强……王八蛋……王可以无言以对，准备去死。

“我一听你是七零后，惊了！”

可不是吗？王可以心想：这回认栽。

“所以我跟小粉兔说，太牛×了！”

“啊？啥意思？”

“不可思议啊！我一直以为你跟我是同龄人，谁想你儿子差不多跟我一样高！你是神吗？”江小涛满眼放光，“时间真的会静止！太牛×了！”

王可以怀揣着各种阴谋论观察江小涛，却看不出他的兴奋有一丝装的成分。

于是，傻了。

“姐，我要娶你！”

“啊？啥情况？”

“娶你，就是娶到一个奇迹，女大三抱金砖，你比我大那么多，那我就是拥有万里江山啊……”

一通絮叨之后，江小涛一脸严肃，恳求地盯视着王可以的双眼：“姐，给我一个机会。”

王可以和她手中的羊肉串，瞬间石化！

第三十五章

失眠无非两种:一是手里有个手机,二是脑里有个剧场。

王可以这一晚上全是小剧场，主角江小涛，主题很文艺:我们是不是恋爱？是的话,算不算不伦之恋？算的话,怎么面对世俗的目光和亲人的压力?面对得了这些,又怎么面对未来?跟江小涛在一起,处处都是童话,可谁又知道,自己是不是因为冻龄，也冷冻了理性，毕竟自己的青春只是假象,那么与他匹配的、愿意醉在梦里的年轻灵魂,是否也是被一叶障目后的假象？虽说爱情无须理由、无视年龄、无分贵贱,但对不起,这是中国,传统文化势力很大的啊……

“谁给我指引?谁指引我人生?谁能让我拨开云雾见月明？”睁开黑眼圈,天已经大亮,满脑子雾霾却丝毫未散。

“无能自主的傻×,才需要别人的指引！”脑中忽然闪过无良编剧莱哥哥的那句名言，但苦口的良药很快就被泼进马桶：莱哥哥就是个贱人，滚！

老娘现在很迷惘，至少得有个人帮着分析现状、理清思路吧！

高敏？不行，地球上没有比她更不靠谱的，被她指引，死路一条！

天昊？不行，形而下问题永远被他拱到阴阳五行的形而上高度，死路一条！

小裴经理？更不行，太后已经被定性低级趣味了，哪还能再暴露彷徨脆弱蠢！

还——有——谁——

忽然心中一阵阴风掠过，王可以的脑中浮现出了细发飘扬一个脑袋顶儿……

魏强？不行吧，行为鬼祟心态猥琐……

魏强？不好吧，问这事儿太伤害他吧……

魏强！他是律师，得有职业素质，面对问题必须理性对答！

仔细想想，他风尘仆仆跟了一路，应该窥视——哦不，旁观者清吧。

于是，给魏强打了电话。

“我知道你在为江小涛迷惘纠结，”谁想魏强一接电话就开门见山，“首先表明我的态度——反对，无论是为你还是为我自己。但正因为此，我的任何意见都会显得不公平，最后变成你我抬杠，你是成年人，有审慎的能力。”

说再见前，还蹦出莱哥哥那句名言：“无能自主的傻×，才需要别人的指引！”

王可以懵了足足三分钟后，忽然觉得魏强相当霸气，他完全可以趁机破坏的，结果……嗯……大气！于是觉得自己对他有点过分了，于是觉得恋爱一场梦，想回头了。“过日子”是中国人基因里对男女关系的唯一正解。

没辙，回吧，回去跟魏强好好谈谈。

正欲出门，门铃响，对了！昨晚江小涛表白后王可以持续石化，千言万语全没听见，就记住了一句话：“明天一起去美食节……”

我去……

来不及化妆，咋办？

算了，想逃的人不怕邋遢！就这么开门！带着起床气！

结果一开门，居然是前夫吴天昊！

“吴天昊？！你怎么来了？！”

“魏强让我来做说客。”

愣了三分钟，才发现他屁股后头，还跟着儿子吴大卫！

“儿子?！不用上课了吗?！”

“老爸告老师说我腿断了。”

“啊?！这你老师也信?！”

“我P图了……”天昊亮了一下手机图片，就领着儿子进了门。

原来，魏强不是大度，而是使用毒计，请来吴天昊，唱反调比他显公平；儿子陪同，展示赤裸裸的现实，真是……太奸诈了！

“恋爱怡情，认真是罪！”天昊是个好说客，开门见山。

“沙马市经偏东、纬靠南，五行属木而你属水，水木相旺桃花炙胜恋爱幻想被无比放大。于是你迷醉了，但不要忘了，你天格在七杀星位，每逢桃花必为红煞，更甚的是大女少男火山旅，轻则破财劳心，重则一世昏昧万劫不复……”

“马勒戈壁，魏强！”王可以恨恨的。

“从生理科学上讲，四十岁女人搭配二十岁少男、四十岁大叔搭配二十岁少女都是最优形态，但从社会学角度来说，婚姻需要长久，于是一旦进入婚姻模式最优搭配形态立刻反转成了悖论，对方到了四十，你是放手让他搭配二十少，女还是打得满地找牙也要捍卫长久的夙愿?所以，对于你们，恋爱怡情，认真是罪！”

“马勒戈壁，魏强！”王可以咬牙切齿。

“苏格拉底说过，最热烈的恋爱，会有最冷漠的结局；莎士比亚告诫，世间的很多事情，追求时候的兴致总要比享用时候的兴致浓烈；弗洛伊德说过人生最重要的是工作和爱，为了工作和爱要节制自己的欲望，以免伤了人生最重要的事和人。恰恰从情感上看，现在小鲜肉已经是你最重要的人，所以，虽然我也觉得魏强跟你并不合适，跟他一起你会死得很难看，但我还是劝你选择魏强！”

“为什么选魏强？”

“选魏强，死得很难看；选小鲜肉，你会活得比死还难看，两害择其轻。”

“马勒戈壁，魏强！”王可以恶从胆边生，当即就想夺门而出捕杀魏强。

而这时，“轰隆隆”一阵马达声由远及近。

天昊顿时竖起了耳朵，随后一声“我靠”夺门而出，王可以还没反应过来，儿子也是一声“我靠”跟了出去！

是江小涛，驾驶一辆鲨鱼般的银色三轮摩托，停在了院儿里，刚喊出声“王可以”，就被吴天昊和儿子给围了。

“复古摩根 3-Wheeler！有人为了它老婆都不要啊……”

“It’s so cool！为了它我亲妈都可以不要啊……”

这爷俩围着三轮摩托，两双眼睛冒着同样不要脸的光芒，两张大嘴挂着同样没出息的哈喇子，搞得江小涛一脸懵逼："你们是……"

"我是王可以的前夫吴天昊！"

"我是王可以的儿子吴大卫！"

"王可以，你太牛×了！"江小涛一脸震惊。

"老妈，你太牛×了！"吴大卫一脸惊羡。

"前妻，我终于知道你为啥青春常驻了，老……"

"牛"字没吐出口，就被王可以一巴掌堵了碎嘴。

于是互道牛×，双方几乎瞬间熟。

于是江小涛一说是去"第九届全球美食狂欢节"，爷俩"呼"就坐进了他三轮摩托的车斗里！

"我呢?！"王可以大叫。

于是江小涛一个电话，五分钟后，"轰隆隆"调来了一台哈雷。

"我靠！牛×！"天昊跟儿子异口同声。

话说这天昊也是满腹经纶的主，儿子也算功课不错，怎么临到头，除了"我靠"就没别的词儿呢？是得罚他俩抄社会主义核心价值观了，王可以这么想，首次骑行就变得特别嘚瑟，一路超车……

"美食节"是个神奇的存在，广告语永远是史上最高规格，宣传图永远是史上最好食材。但全国的"美食节"都一个样，广告和宣传图都是浮云，现场都是那伙儿摊主，一年比一年老；摆的都是那些吃食，一年比一年陈。以次充好、以假乱真，囤积的鸭，冒充“内蒙古烤羊”；过期的鸡，变身“泰国鳄鱼大肉”；吆喝“正宗台湾蚵仔煎”的一口东北腔……

总之，现场乌烟瘴气，方圆一公里，烤串钎子、纸巾团以及各种垃圾全覆盖！

但王可以“一家四口儿”，吃着附赠高蛋白苍蝇的武汉热干面、用福尔马林泡过的烤鱿鱼，喝着自来水勾兑的生啤，却嗨得很。

“猫王是当之无愧的摇滚之王……” 吴天昊聊起了摇滚。

“我并不认为猫王是摇滚之王，他仅仅把摇滚做到了表面，有玩世不恭的感情却没有批判。”江小涛发表了自己的见解。

于是俩人抬杠，逼出了吴大卫一段惊悚过往：“前几天林肯乐队主唱自杀了，我了无生趣，也想结束自己平庸的一生……”

王可以惊了：“怎么个情况？快跟妈妈交交心！”

于是，换话题了，聊起了乐器，从中国到西洋的，从主流到街头的。得知江小涛不但收藏了一把偏门乐器“巴松”,而且还会使用,吴天昊惊羡得热泪盈眶,于是问王可以要了钱,买了全大厅的单,瞬间将全场嗨上了高潮!又听江小涛“王者荣耀”“绝地吃鸡”都达到了已臻化境的地步,吴大卫惊羡得热泪盈眶,于是问王可以要了钱,再次买了全大厅的单,瞬间将王可以心疼得嗨上了高潮,各位摊主赠送的啤酒一扎都不想放过。虽然兑水,但还是有酒精,所以,脸红心跳高声说话无端大笑,所有喝高了的状态全展现!

忽然,王可以心头一阵阴风掠过。

果然,天昊收到了魏强一条微信:“我都托付你啥了?怎么给忘了?!”

王可以醉眼扫广场,随即发现人群中一个细发飘扬的脑袋若隐若现。

于是窜起身来高声唱:“我没有选择,我想离开,我不要选择,我想要自由自在快离开……”

于是严重走调的歌声中,细发飘摇的脑袋隐没而去……

第三十六章

狂欢当然不会戛止在“美食节”，在集体腹泻又集体止泻后的那个下午，江小涛率众参加“骑士乌托邦”全国重型机车嘉年华，把假期推向了高潮！

本次嘉年华阵容强大，上千台重型机车以及全国各路骑士将集结沙马市中心广场，全世界最贵的车型，满满承载富裕中国的正能量。但问题是之前广而告之邀请的当红乐队“俏江西”，来不了了。理由居然是沙口市湿气太重，主唱刚拔完火罐肉身不适……大牌就是大牌，这种借口都想得出来！

所以，组委会拒绝了对方“P脸放音乐”的替换方案，因为，东道主“铁翼俱乐部”的江小涛，带来了地下摇滚圈的名滚吴天昊！

乐队——俺们现攒！俺们机车届就是有实力！

吴天昊——贝斯手当仁不让。

吴大卫——遗传好基因，要起鼓棒行云流水，不二的鼓手。

江小涛——屈指可数的巴松管乐手，虽然跟摇滚不沾边，但出奇以致胜。

同时，吴天昊还电话速邀了地下摇滚圈曾名噪一时的父女组合，父亲号称"键盘侠"，女儿摇起沙球飞沙走石，俩人现在虽已过气，但玩儿机车的大多人近中年，恰是他们的菜！

"我呢？我呢？"王可以急了。

"你会啥乐器？"

"口哨算吗？"

"噗——"吴天昊一口茶水喷出。

江小涛慌忙救场："通常情况下，不会乐器的当主唱。"

边上有人给台阶："唱一句听听。"

"大山的子孙哟，爱太阳喽。"

"噗——"所有人都一口茶水喷出。

走调走到天边，王可以自己都觉得没脸活了，偏这时候，来了个不开眼的。

"交给我吧。"随着娇媚的声音，这个身穿短裙、脚踩高跟过膝靴的骚货（尤物），扭着不忍直视（比例完美）的腰臂,来到王可以跟前,很无耻(霸气)地抓过她的话筒,直接开了嗓,“大山的子孙哟,爱太阳喽。”

一曲下来,荡气回肠,掌声一片,王可以脸上几万条黑线!

这厮名叫“得易”,坊间传言曾晋级过第13届超女大赛!自称是吴天昊的迷妹,得知偶像在此,蚂蟥见血似的扑将而来……

砸场子可忍,想跟我前夫同台,绝不可忍!想好了,那是老娘的前夫!

“我反对!”王可以狮子吼。

然后,感觉天昊“咕嘟”咽下了“反对无效”四个字,然后黑着脸一言不发。

在场的所有人,石化了。

于是,王可以被拖下去了。

江小涛语重心长:“主唱是乐队的灵魂,面向全国的大场面,关乎荣誉啊。”

吴大卫连威胁带恐吓:“老爸好歹也是地下摇滚圈的腕儿,因为你砸了面子,照他那烈夫性格,就得上吊啊!”

王可以语气坚定:“那么,就让我上吊吧,死给你们看!”

为了王可以不马上死给大家看，组委会研究决定，给两天时间准备，届时，由王可以和得易 PK 主唱。

PK 的原则，公平、公正，王可以死定了。

但别忘了，王可以是老江湖。PK？那不就是靠公关吗？哼哼！

当天晚餐后，王可以给组委会开出了一百万冠名赞助的大礼包。

一百万啊！组委会几位大哥的嘴都歪了，还有一个直接小中风，倒了——这种活动都是骑士们凑钱，没想到今年，居然有了进项！

谁想，那个叫得易的居然是个富二代，直接跟进条件，不管王可以赞助多少，她都加十万，而且，不需要冠名这些附加条件……

我去！王可以不由大怒，这不是逼我来狠的吗？中国式公关，无非钱与色，老娘我……我……我……

“我陪睡！”得易抢先不要脸了。

于是，王可以可以去死了。

“妈，洗洗睡吧。”儿子谗言。

“前妻，PK 事小，失节为大。”吴天昊苦谏。

“姐姐，留得青山在，不怕没柴烧。”江小涛帮腔。

“哼！你们这是逼我出大招啊！”

三小时后，一辆豪华房车开来嘉年华的中心广场。

小裴经理率领一车人马火速到场。

吴花，中国服装设计“新人”奖获得者，公司设计部主任，及其助理。

尚无极，中国服装设计大赛“金顶”奖得主，公司首席设计师，及其助理。

尼古拉斯·温，ARMANI 特邀顾问，公司设计总监，及其二十名助理。

“米茨”服装公司压箱底的设计团队、全国时装设计界的翘楚悉数到场！

“娘娘，我一直以为你嗑药，我错了，你是疯了。”小裴经理面色凝重，“公司离倒闭的日子不远了。”

“燕雀安知鸿鹄之志。”王可以辩解，“人生在世，什么都能输，气势不能输！”

这是王可以的毒技——富二代砸钱送色不计回报，但她缺什么？缺的是团队！过硬的技术团队！

对王可以来说，为了这个主唱的位置，押上身家性命在所不惜！

而对于毒计来说，思路决定高度，技术创造奇迹！

果然，当尼古拉斯·温看到组委会各位大佬后，那矫揉造作的艺术气质，直接把他们灭了：“哦！铜钉！铜钉！这种吃力不讨好的 bling bling！扔掉！扔掉！”

“天哪！满胸口贴满徽章，还是假徽章，天哪，无耻的抄袭，没有内涵的复刻品，你是木乃伊吗？”

然后，在所有人一脸黑线、全场沉默三分钟后，又绽放出灿烂的目光：“偶买噶！偶买噶！我来灵感了！骑士就是特立独行！我要根据你们每一个人的气质，量身定制，每个人，都要有自己的一身独特的战衣！”

天下熙熙皆为利来，天下攘攘皆为利往，百度百科搜索“米莰服装”这几位设计师，个个名头响亮，尤其是尼古拉斯亲自量身设计，那真是幸福到怀疑人生。

于是，组委会各位大佬，融化了！

于是，有大佬表态：“王可以，呃……至少做到不跑调吧……否则……不好看，是吧……”

这，就简单了！

江小涛、吴天昊、吴大卫合谋，来个让王可以只说不唱的曲儿！

于是开始排练，梨汤、胖大海、金嗓子喉宝齐齐上，只要不失声，啥都好说。

于是 PK 后，组委会以中国式默契的一票之高，把主唱的位置投给了王可以。

得易小姐眼巴巴地被暗箱操作出了局,哭晕在厕所。

王可以因为谙熟厚黑学,再一次笑傲江湖!

“骑士乌托邦”因为有“米茨服装”冠名赞助,活生生地把一台机车大聚会变成了一个媲美 Burning Man 狂欢节的盛宴,奇装异服、别开生面、史无前例!

值得一提的是:小裴经理不但是个靠谱的中层干部,还是个超级靠谱的推手。他请来了包括中央电视台的各路红包记者,做了现场专访报道,让“米茨服装”的品牌知名度翻了一番,还当场成立了一个以尼古拉斯为首,专门从事个性服装定制的事业部。不但没让王可以赔钱,还增加了新的利润点。

真是人逢喜事精神爽,虽然这次临时乐队的高音部分由吴天昊承担,低音部分由江小涛承担,和音由儿子来完成,但王可以在台上的表现,相当的嗨,全程 rap,就三句:“哟哟切克闹”“欧耶欧耶”“留下来”……

第三十七章

喧嚣过后，尘归尘，土归土。

也许某种关系，就应该像昙花一现，在最灿烂时戛止，奢求长久是一种贪婪，会被现实，用不堪来报应。

回想起来，没给江小涛留下任何联系方式。

这样，最好。

所以第二天清早，王可以悄悄叫上儿子和前夫，不辞而别。

爱情是童话，成年人，既然有幸在童话里逗留，那就该知趣地勇退，让彼此，相忘于江湖。

回到家，环顾四周，小小的居室有了一种陌生感，恍若隔世。

“欢迎回到现实。”王可以这么对自己说，所以给魏强打了个电话，“我想毛毛了，下班带它回来。”

然后，擦拭家具，换掉餐桌的桌布，换掉大床的床单被罩，换掉窗台花瓶里枯萎了的花，用“84消毒水”掺在水里，拖了地，再然后，又矛盾地用熏香掩盖掉“84消毒水”的气味，让房间闻起来依旧荡漾有花的味道。

她做了牛排，双人份，让配菜的西兰花尽量显得鲜绿，又打开一瓶红酒，醒上，让酒香混合在空气里，并点亮插在烛台上两年了的蜡烛，在烛光中等待。

等到七点，魏强来了，带着毛毛。

毛毛给了两人十五分钟的话题，然后，沉默。或许都在想，前阵子那些事，该用什么方式回避，才不至显得尴尬。

“酒醒好了。”

“好。”魏强抓起醒酒器，倒酒，然后洒了些出来。

“扑哧”王可以笑了，“其实……”

她想了一会儿，却想不好措辞：“每件事如果你都停留在第一步，我早就在你怀里了。”

“什么？”魏强有些不解。

“比如给我妈办生日，真就感动到想哭，转脸就能抱你大腿求嫁，谁想你多走一步，突袭求婚。”王可以揶揄地叹了口气，“非弄出个亲情绑架、逼我就范的既视感，多此一举。”

“可不,用力过猛。”魏强倒也虚心。

“小海军是有点让我意乱情迷,咨询你,就已经在自我觉醒了,你拒绝的那段话有多屌你知道吗?瞬间就征服我了,结果,你又多走一步,搬来天昊和大卫当说客,瞬间让自己跌落神坛。”

“也怪了,”魏强捋了捋细发,“作为一个职业律师,把握火候应该是本能了,可一到你这儿,总觉得不确定,怕不够,心虚,结果用力过猛,油门当刹车踩。”

“我玩儿逃跑,也就是想透透气,你臊着我,我自己嘚瑟几天也就臊眉耷脸回家了,你偏偏要搞跟踪,拱我火,非得嘚瑟给你看。”王可以说到这里,“扑哧”就笑了出来,“真服了你,一条能折腾到鬼都怀疑鬼生的路,怎么跟过来的。”

“路线是你故意选的?够黑,佩服。”

“哈哈哈哈……”王可以的笑声的确很有腹黑感。

“其实我知道,”随后轻声道,“一路你都在担心我。”

“你知道啊。”魏强嗔怪得也很轻柔。

“我从摩托上摔下来,看到你从车窗里探出脑袋,当时,我逆反之火熊熊燃烧,但后来想想,当时你一定很纠结,又想看我受伤没有,又怕被我发现跟踪。”

“这就是传说中的犯贱吗?”

“对不起。”王可以眼圈有点红，“是我性格不好。”然后又给自己找了依据，“但这得赖我妈。”

“嗯，”魏强揶揄地点点头，“看出来了。”

“你都不知道教导主任是种怎样的存在！”讲起宿怨，王可以都快激凸了，“从小到大，一切都要以她意志为转移，我的诉求根本不存在，除了服从没别的路走，直到现在我都说不出‘不可以’三个字，所以，青春期叛逆无处安放，一路憋到中年，中年叛逆。”然后忽然明白了，所以语气有些怜惜，“结果，你正好躺枪。”

“小时候我就知道你叛逆。”

“谁说的，我按要求在做乖乖女。”

“有天早自习，大家都在朗读，按要求朗读，结果你忽然歇斯底里一声怪叫。”

“这你都记得？”

“你后来说是有蟑螂，其实，是所有人都被要求一个声调朗读，让你烦了。”

“你怎么知道？”

“被蟑螂吓到，总得先有个被吓到的动作吧，你是毛动作没有，直接喊的。”

“那时候你就偷窥？”

魏强被噎了一会儿，笑着承认：“是，你还拿圆规扎过同桌，两次；假装不小心，踩班长的白球鞋；做课间操左腿永远比右腿抬得要高；扣书包扣，也永远是先左后右。”他指了指脑袋：“处女座，记忆力超强的。”

“所以很龟毛。”

两人相视而笑。

“对不起，”然后王可以有些心虚，“同学会时，我都没记起你的名字。”

魏强喝了口红酒，有些感慨地说：“同学会再见，三十多年了，我都谢顶了，你却还是青春的样子。”

“所以之后女同学们各种谣言，最离谱的，是我会偷别人时间。”

“是被青春期叛逆憋的。”

“什么？”

“你说的，青春期叛逆，一路憋到中年，所以仍旧青春。”

王可以很叛逆地“哈”了一声：“人前显贵人后受罪，谁又知道我健身房里流了多少汗，看着美食咽了多少口水，人们都愿意用想当然的妖魔逻辑辩解自己的随波逐流，却有意无意去忽略别人的付出。”

看到魏强的表情，王可以觉得自己有点像聊天终结者，所以又挽回尴尬地补充了一句：“其实……我也是。”

于是，聊天彻底被终结。

默默吃完了牛排，魏强才又出声："牛排，好吃。"

"魏强，"王可以看着他，眼圈有点红，"如果我七十岁的时候，想骑着机车周游世界，会被你打死吗？"

魏强感觉到了什么，但回答得诚实："我一定打不过你，但我会把你锁家里。"

"是的，"王可以闷了许久，"你成长到了顺应社会的隐规则，我却依旧沉迷在青春期，不愿意出来。"

又沉默了很久。"你在你的世界里，很正常，我在我的世界里，也是。在两个世界时，我们可以彼此欣赏，可在一个屋檐下，却做不到相融，想爱，找不到焦点，所以总是无措。"她感觉自己很想哭，"和我一起，很累吧？"

魏强沉默，沉默的时间，长得有点吓人。

但最后他是诚实的："是，很累。"

"所以，"王可以感觉自己真的哭了，"分手吧。"

王可以等待魏强说不，然后想各种决绝的话。

但魏强只是默默地收拾了碗盘，到厨房洗了，擦干，一个一个，整齐放好。

然后从厨房出来，轻轻地说了声："好。"

这让王可以觉得说不出的苍凉。

魏强指了指笼子里吃撑了的毛毛："别让毛毛离开

你。”

然后，走了，让烛光的夜晚，在轻轻一记关门声后，放空了一切。

第三十八章

“哎呀！烦死了烦死了，真是烦死了！”

高敏一找上门，就对着王可以碎碎念：“就那牙医，你妈生日宴上非礼我的那个牙医，我不计较也就算了，现在还变本加厉非礼我！”

高敏口中的牙医，就是那个长相酷似金城武却可远观而不可亵玩，接吻都要在嘴里糊上保鲜膜来避免体液接触的江亦儒。

王可以脑中迅速回放了高敏所称“非礼”当时的情境：江亦儒的确在集体无意识地亢奋中，忽然攻陷了自己四十年来的洁癖顽疾，舌吻了高敏……但高敏，只挣扎了0.3秒……

“作孽啊。”高敏七日便秘一朝泄，以抱怨但痛快着的语境，讲述出了她在王可以离家出走期间的奇葩遭遇。

在一个艳阳高照，但高敏却素面朝天衣冠不整，邋里邋遢拎着购物袋走出菜市场的午后，一辆巴博斯闪亮地停在了她身前，随后蝴蝶门开，走出一位长相貌似金城武，满身着装低调地表达着我有钱的男人，高敏两眼发直地挂了三秒钟口水后，猛然记起这就是那晚舌吻她的江亦儒，顿时慌乱得直想弄死自己或者对方。

"高敏。"当对方喊出她名字的时候，她有一种尿急的感觉。

"我找了你好久。"

"啊？"

"你能不能离婚，嫁给我。"

"啊？"

"我爱你。"

"啥？"

"我只吻过一个女人，就是你，所以我知道，我爱你。"

强烈的自卑，让高敏觉得对方是来恶意羞辱她的，正要骂街，对方掏出了一个闪耀着我有钱、我有钱光芒的钻戒。

这、这这、这简直丧心病狂(天上掉馅饼)啊！

高敏觉得快虚脱了。

石化了三分钟后，高敏一声尖叫，掉头就跑。

可以在路上

对一个人有好感是因为他身上某一种特质吸引了你，你会喜欢，但不会迷失；如果这个人身上集合了你所有喜欢的因素，那么你就完败了。

可以在路上

爱到迷失就好比吸毒，你会上瘾，但一定会让你消亡，

你需要用意志力去忘记它的诱惑。

一口气跑出十条街，找了个没人的地方，她号啕大哭，这些日子的委屈全都涌了出来——别墅卖了之后，她跟着董建住进了公婆家。董建找不到合适工作，一天到晚无所事事。她一个什么都不会的居家妇女，当然也找不到合适工作。在公婆嫌弃的目光中，连上网都觉得罪恶，拿着二老的退休金上菜场，为了五毛钱的便宜都能讨价还价一小时。这种不堪，优越过的人，感受最是凄苦啊。

哭完了，心情就畅快了。

全世界都抛弃她，金城武哦不，江亦儒却闪亮地来这一家伙，老天不开眼到这个程度，说明她前世应该算是个好人。

就算是他神经错乱，给我一个短暂却愉悦的回忆吧，高敏这么想，然后愉悦地投入回去晦涩的生活，但是，她很快就发现，问题很严重。

第二天，她发现江亦儒和他的巴博斯在小区门口守她，她绕道躲了。

第三天，江亦儒和他的巴博斯在楼门洞前守她，结果，堵个正着。

"你为什么躲我？"

"不……"

"我们不可以坐下来，认真地谈谈吗？"

“不……”

“你,是不喜欢我?”

这下高敏说不出“不”了,看着对方精致的脸、匀称的身材,她做得到骗自己,做不到骗天地啊。

于是,鬼使神差上了他的车,进了一家逼格高到餐具都是纯银的西餐厅。

逼格太高让人意乱情迷,意乱情迷之后就得出轨……

不行!高敏这么警告自己。

于是,极不厚道地点了最贵的牛排,吃相极其难看地大快朵颐,心想我这德行够被你嫌弃吧,再见,别让我做梦。

谁想,江亦儒满眼宠爱地看她吃完全程:“你吃东西的样子,真迷人。”

帅,多金,还这么有修养,作孽啊!

所以,这次败了。

这次败了,肯定还有下次,对,下次,下次得彻彻底底让你没有下下次!

高敏记起王可以曾说江亦儒有严重洁癖,于是在第二次被约前,她不洗头不洗澡,还在小区的健身器材上自虐出一身臭汗,自己都闻不下去。

结果,横着堕落到底的心出现在江亦儒面前,对方的眼睛都冒绿光了:“好野性的气味啊？是天生的吗？”

小样!还整不服你了!于是,高敏粗鲁地抓了一把生蒜进嘴,要死要活嚼完咽下之后,哈气都带毒了。

结果，江亦儒开始上瘾般地迷恋上了浓浓蒜味的口气……

“后来我查过心理学的书，说是洁癖的人忽然不再洁癖,有可能会反向极端,成为异味癖,比如迷恋腋下和肛门的气味等等,江亦儒,是变态了啊！”高敏捶胸顿足地对王可以抱怨,“受不了,真是受不了了,他再这么骚扰我下去,日子还怎么过啊?！”

王可以一针见血:“你是受不了了,还是绷不住了？”

于是高敏沉默了三分钟,哭了:“我从来没过过现在这种苦日子,最可怕的,是看不到一点希望,家里死气沉沉,待不住又出不去,我真的很崩溃啊。”

擤了把鼻涕之后,她叹了口气:“天上掉馅饼,我真的快绷不住了。”然后又哭了,“关键是他真的好帅啊……”

送高敏回家的路上,她依旧碎碎念:“单纯、有钱、长得帅,还是处男,怎么办,怎么办啊……”

王可以很无奈,只好对她说:“你现在不是需要谁出主意,而是需要一个肯定的声音,这件事我说不出什么,只能表白一个立场，作为闺蜜，你怎样决定，我都挺你，你自己拿主意吧。”

看着高敏五迷三道回了家，王可以越想越后怕，自己这番话，不会就成了高敏这斯抛弃旧爱另寻新欢的底气吧？俗话说，宁拆十座庙不毁一桩婚，作孽啊！

揪心得一夜未眠，结果一早，高敏又哭上门了：“王可以，我怎么这么没出息啊，啊啊啊……”

通过她的碎碎念，王可以还原了昨天送她回家之后所发生的一切。

原来，高敏找王可以倾诉的同一时间，江亦儒登门拜访了董建，据说当时是闭门交谈，话题很隐秘，后果却很严重，高敏一回到家，就被董建拉进了卧室。

“有个叫江亦儒的奇葩，要我把你让给他，换作别人，我会觉得放肆，可看着他，我却一点气都生不起来，他走以后我想了很久，这个奇葩，真的让人说不出有一点点的不好，就像，《绝代双骄》里的花无缺。”董建的语气异常冷静，“高敏，你中六合彩了，你要想离开，我祝福你。”

听到这里，高敏就怒了：“放屁！你仗着倒霉欺负人啊！绝代双骄谁啊？花无缺谁啊？老娘我不稀罕！老娘就爱你这倒霉样！看不够！”

然后一个电话约出了江亦儒，小区门口一碰面，就是一通狮子吼："江亦儒你别以为自己十全大补丸就得人见人爱，老娘我变态我就不好你这口儿！再敢粘着我，我就一哭二闹三上吊，死给你看！"

于是甩下个江亦儒，在巴博斯边风中凌乱，帅气地惆怅去了。

"董建是我亲人啊，我能扔下他嘛呜呜呜……"高敏抱着王可以哭得满脸鼻涕，"可是，江亦儒，他好帅啊呜呜呜……"

第三十九章

可能是被高敏这事儿一惊一乍闹的，王可以持续腰疼。

于是跟小裴经理交代完工作,早早打道回府休息。

结果睡前一泡尿,颜色桃红,似带血相,慌忙驱车去了医院。

尿检、血常规一通折腾,大夫眼皮不抬就给开了堆药。

“大夫,我什么病,严重不？”

大夫依旧眼皮不抬:“姑娘,最重要是洁身自好。”

说是尿路感染,回家查度娘,尿频尿急尿不尽、头痛脑热打寒战,这些症状一概没有,应该没啥大碍吧。回想近日来生活,根本没有性生活。不注意私处卫生？还好吧。按照排除法,致病原因只能是久坐和饮水少了。

唉,四十之前人找病,四十之后病找人,童颜翘臀掩饰不了岁月沧桑啊……查明原因放心之后自艾自怜了一小时，然后大量喝水，按医嘱服药，倒头睡。

清晨起夜，一泡尿，桃色浓了一个色阶，慌忙驱车去了医院。

尿检、血常规一通折腾，大夫眼皮不抬就给开了堆药。

“大夫，我什么病，严重不？”

“姑娘，最重要是洁身自好。”

不过这回，给打了点滴。

回家后，大量喝水，按医嘱服药，倒床上查度娘。“尿血”相关词条弹出的“白血病”“败血症”“尿毒症”等等恐怖名词，搞得王可以心惊肉跳，再看静脉点滴处，针眼开始往外渗血，忽然有了一种将要孤独去死的晦涩感。郑智化的一段歌词在脑中魔音循环“今夜我如昙花绽放，在最美的一刹那凋落，你的泪也挽不回的枯萎……”

我去，童颜翘臀，我偷了时间，遭了报应，我会不会一刹那就凋落……

满脑子鸡飞狗跳之下，王可以忽然感觉凄凉，要死了，身边都没个人。于是开始想魏强，但是……算了吧，分手了，就别再骚扰人家吧……

无数乱梦又耗一晚，清晨是腹痛、恶心、呕吐，自我安慰地怀疑是药物反应，然后撑着全身力气驱车去医院。

见到大夫，直接拿话怼：“别再往下三路想，我三个月没性生活了，我要住院！”

于是大夫抬脸了，带着迷之微笑：“有院长或其他领导的条儿不？”

“没有。”

“住院有标准，检查结果说了算。”

然后尿常规、血常规、双肾B超、肝功能……一圈儿检查之后，王可以腰都直不起来了，最后大夫迷之微笑地说没事，又给开了消炎针：“先挂针看看，不行明天做个膀胱穿刺检查。”

挂完点滴拖着肉身回到家，腹痛呕吐眼发花，似乎看到死神正趴床头在自慰。

我去，下三路，本能地拨了个电话：“隔壁小王，快来看跳大神……”

然后，不省人事。

迷迷糊糊睁开眼睛时，王可以发现自己在医院的病房里。

妈妈咪呀，前世造福了多少人类啊，终于住上院了。

“醒了！醒了！”是老妈，随后就听她号啕大哭，“你怎么这么想不开啊，你死了我们怎么活啊，我再也不逼你嫁人了嗷嗷嗷……"

然后听到隔壁小王抱怨的声音:"姐，人生路漫漫,寻什么短见啊？"

想不开？寻短见？我去,什么情况?!

回放前夜剧情,过程是这样的:

王可以那个电话之后,隔壁小王来跳大神,结果敲门不开,再打电话不接,慌了,从阳台翻入,发现王可以倒在地上昏迷不醒,慌忙扛去医院。

找的还是泌尿科的下三路,结果凑巧遇到了血液科一主任,发现王可以皮下出现多处内出血导致的瘀青,忽然想起刚救治的一个误食老鼠药中毒的病例，症状一模一样,慌忙转到血液科,抛弃了下三路进行抢救,终于把她从鬼门关口拽了回来。

据血液科主任描述,再晚几分钟,颅内也出血,就回天无力了。

所以,老妈以为,王可以因为被她凶悍逼婚,郁愤之下自寻短见!

这,哪跟哪呀?

但,意外惊喜!

所以,王可以气若游丝地对老妈说:"人生,都是自由的……”

“对对，自由、自由的，我对毛主席发誓，你爱怎么过怎么过，我不管了……”

摆平！

药用对了，病情就缓解了，加上体质好，几天后出院。

临走前问了主任一嘴：“我怎么会中毒呢？”

主任意味深长地叹了口气：“姑娘，要洁身自好。”

“我去！还是下三路，有点技术含量好吗?!欺负我漂亮啊?!”

“所以，要洁身自好。”

王可以一口老血喷出，仓皇遁去。

可是，怎么会中毒呢？

第四十章

受到来路不明的伤害，就赖 made in China，这是国人现在的习惯。

不过王可以一路回家的碎碎念也没啥错，made in China 的确算是对外花香、对内残渣的典范：毒生姜、石蜡米、尿素豆芽、硫酸铜木耳，苏丹红里蘸一蘸，福尔马林泡一泡，上千的茅台酒精兑，过万的拉菲颜料水，三聚氰胺纯牛奶，鸡鸭禽肉送流感，狐精鼠怪任我行，假货摇身变海淘，中国胃盾 Defend，只有想不到的毒招，没有遭不了的活罪。

回家第一件事就是扫毒：冰箱里的食品，过没过期带不带毒？谁知道，扔！柜子里的保健品，有没有生化激素？谁知道，扔！ 吧台的两瓶红酒，万八千块从法国酒庄买的，心好痛，但那酒庄的股东是华商，活该他躺枪，扔！

“姐，你不过啦？”隔壁小王看不下去了，抢救了那两瓶红酒。

“人命要紧，不过了。”

“你侮辱我可以，但不可以侮辱霉丁拆那！”小王怒了，“我一路吃、一路用，全是霉丁拆那，可我不也茁壮成长着吗？”

“哼，小丁丁！”

“哎！骂人不揭短啊！”

小王羞愤之下，忽然脑洞大开：“且慢！不要销毁证物！”

“证物？”王可以懵了。

“你有没想过，人为投毒的可能？”小王打开柯南模式，“你用霉丁拆那四十多年，一直粗暴地活着，为什么？就偏在身心浪荡的花季中了毒呢？”

“此话怎讲？”

“射人先射马，擒贼先擒王，凡事要找源头。”小王真把自己当柯南了，“这些年你招猫逗狗，打过老炮抽过骨肉皮，健身房撩小鲜肉，江湖上结怨无数，公司里又有人窥探你的王位，被投毒的概率大过被霉丁拆那误伤数倍有余！”

“而你刚愎自用生活大条，起居环境疏于防范，遭人暗算也是容易得很。”为了证实自己的逻辑，小王不要脸了，“比如，我就很容易翻过阳台进你家！”

“你凭啥要害我？”

“我有动机啊！隔壁小王虽然不再是隔壁小王，虽说是自然冷淡，但感情的毒素会不会在内心积累，不好说的！”

我去！这厮不但不要脸，还不要人格了。

但话糙理不糙，万一呢？

于是，王可以想起了曾在酒桌上结识得那位技侦科痕迹专家马正。

当王可以拎着满满两大筐食物、保健、化妆品出现时，马正惊了：“可以姐，你有必要这么赤裸裸地炫富吗?！”

物证检验需要时间，这期间，王可以爱上了“84 消毒液”。

这期间，也全家进入柯南模式。

“妈，我爸也不能排除嫌疑。”大卫这熊孩子说出自己的想法。

“毛毛！”这是对一切小动物都刻骨仇恨的老妈，“恐怕你是感染了鼠疫！”

“吃东西前，验一验，”老爸把祖传的一根银发簪悄悄给了王可以，“饭菜里有毒，色泽会变黑……”

数日后马正来电，要王可以立刻找他一趟，小王看热闹不嫌事儿大，非得跟着。结果，马正脸色异常严肃地告知："蜂蜜里，检测出了鼠毒强！"

柯南小王吓得当场跪了："姐！不是我！真不是我！"

"可你说你有动机的，啊？"

"我没你家钥匙啊！"

"你说你翻阳台很容易，啊？"

"可我没胆啊！"小王哭了……

当然不是小王，此刻王可以早已确定了一个人，心里拔凉拔凉的。

她谢过马正，打发走小王，回到家，关紧门窗，然后给魏强打了电话。

一小时后，魏强来了。

"是你在我蜂蜜里下毒的，对吗？"

魏强沉默了很久，没否认："是……"

"这种事你都干得出来?!"虽然有心理准备，但听到他说出来，王可以仍然有种被雷劈了的感觉。

结果，魏强忽然就歇斯底里了："你知道我有多恨——"

"为了爱你，我净身出户。进不了你的世界，我惶然无措。我渴望零距离，你说我黏贴症。我紧张你一切，你却怨我窥秘！我想用心经营这段感情，可在你眼里永远都是错误，我想让你告诉我该怎么做，可你从来都在逃避，我找不到让你爱上我的途径，越努力，你就离我越远。我很崩溃，你知道吗——”

马景涛上身的一通吼，天崩地裂。

然后，长时间的沉默，让屋子里静得可怕。

再然后，魏强哭了：“我想让你病倒……不再跑掉……那样，我就可以每天守在你身边……照顾你、陪伴你……”

看着他，是怎样的一种脆弱，王可以的眼圈红了，这种爱，是多绝望。

能感受到，他心里有多晦涩：“你报警吧，王可以，怎样都是我该受的。”

沉默了很久，王可以说：“相忘于江湖吧，我们……”

第四十一章

“你知道保险吗？王可以。”

当高敏一身廉价西服套裙,手捧塑料文件夹坐到大班桌对面,挂着自以为职业的微笑,自以为很有感染力地背诵保险推销员那些被统一培训的危言耸听时,王可以感到很心酸。

这个女人想要承担起家庭的责任，却什么都不懂,什么也不会,但她跟所有大姨妈级保险员一样,笨拙地回避着客户最想了解的内容,以为狡猾地重复着让人厌烦的煽情，并以让稍许有点社会经验者都会嘲笑的自欺欺人为例，怂恿他人与自己同样愚蠢——第一单业务是自己买的。

死皮赖脸,但坚忍不拔地在活着。

高敏,是的。

王可以忽然觉得感动，忽然觉得“中毒事件”后自己对滚滚红尘产生的滚滚负能量，是如此的没有风骨，于是开始为自己脸红……

一年半后，高敏成为了某保险公司的业务骨干。这期间，她拿下了三个至今无人比肩的殿堂级大单，都是王可以出于迷之心态给全体员工购买的。但好心有好报，米茨服装服饰有限公司也因此被评上了优质企业，得到政府嘉奖以及银行贷款上的各种便利。

这一年半，董建在无数次找工作碰壁后，终于稳定在了一家会计师事务所当审计助理，虽说就是给领导打下手，承包所有人懒得干的所有活儿，吃力不讨好，待遇不对等，但至少职务低，没有被陷害的资格，倒也落得个心宽体胖面色好……

“情花谷”被查封了，起因是某天，老炮无意间看到网上一张八个婴儿跪吸一头母猪乳的图片之后，脑洞大开。为了给生意惨淡的农庄博眼球，盗用图片声称“情花谷”出了前世孽缘的奇迹，吸引了很多不明真相群众，然后，就因为虚假宣传被查了。结果一查还查出他涉嫌贩卖假文物，结果封了农庄、罚了人民币。好在假文物质量太差，没卖出去几个，所以涉案金额不够刑事级……

吴天昊死性不改，这一年半期间去了7次派出所，原因都是打架，但事实上都是被打。一次是羞辱某位国家认证的油画大师，被大师的徒弟打了；两次是酒吧里喝多，上台炫耀琴技，被饭碗受威胁的乐手和歌手们打了；三次是酒驾以及吊销执照后无证驾驶；最后一次是被人老婆睡，捉奸后，情节反转成睡别人老婆。之所以被打最后都定性为打架，只能说没有背景的地下艺术家不遭待见吧……

儿子吴大卫，因为依旧崇拜老爸，被王可以遣送去了美国上学。虽说是被腐朽堕落的家长制逼的，但这货在美国倒是如鱼得水，课余还做起了海外代购，此后王可以吃的穿的，全都是美国寄来的made in China……

老妈在美国陪孙子两次之后，对资本主义有了深刻认识，从此找到了新的人生方向，带领一帮大爷大妈，站到宇宙制高点跟西方邪路干上了：抵制洋货、抵制圣诞节、谴责菲律宾、声讨印度阿三，动不动还成群结伴身穿汉服上街免费发放《弟子规》，宣传中华传统文化，存在感爆表，神清气爽……

喜欢蜗家的老爸，因为要给每天都有活动的老妈送饭，极大程度地增加了运动量。因为要跟垂涎老妈的春心老头进行斗争，不知道从哪一天起，竟突破人格障碍，从此开启大嗓门模式，而且因此变得爱吵架，在小区里树立了无上威严……

重点需要交代的是金城武级的牙医江亦儒!

被高敏残酷拒绝后，江亦儒曾经找过王可以求助,结果,又被王可以用“破坏他人家庭”的罪名痛斥。之后,王可以打蛇随棍上,频频以再教育为由进行勾引,试图擦出点孤男寡女的火花。无奈,她垂涎他的美色,他却因为洁癖反转的异味癖,嫌弃她没有女人味,于是不了了之……

但在某个猝不及防的傍晚,王可以居然在那家逼格很高的咖啡厅里撞见他和全公司长相最见不得人的文档员陈圆圆在共进晚餐。暗中偷窥,晚餐尾声时,江亦儒献上了超大克拉钻戒。飞速回忆,是在王可以痛斥江亦儒的那一天,陈圆圆抱着资料来办公室找签字,竟就一个眼神碰撞,激起了江亦儒的春心荡漾!

与江亦儒闪婚所产生的正能量,就是某天陈圆圆自信满满地当面臭骂了老板两小时后,高傲地炒了老板,辞职而去,高傲地去做牙医诊所的老板娘了;负能量,就是老板王可以,对自己的美颜、审美乃至全民审美,全方位地产生了怀疑,霸气碎地,很长时间都在患得患失的恍惚中无法自拔……

这一年半,不留意,平淡照常,回头想,变化万千,就是这样。

好在小裴经理争气，荣升为一人之下万人之上的总经理后，如同一个忠心耿耿又细心稳重的太监总管，将公司带上了一个新台阶，用成功，帮助王可以冲出自我否定再否定的自卑心理怪圈，恢复了生为人类的底气……

这一年半，王可以有些孤单。

有时会想魏强，但又觉得，那些时常不经意泛起心头的孤单感，跟他无关。

于是忽然有一天，她买了一辆大哈雷。从此，把那辆轿车打入了冷宫，将哈雷揽为新宠，形影不离，好像潜意识里，她觉得有缺失，她需要陪伴。

这天，王可以正看着窗外，无所事事地思考着中东局势和非洲人民幸福指数，忽然瞅见楼下一个背包客进了大门，顿时张皇失措！

“小裴经理，快！帮我躲躲，有人找我就说我去朝鲜了！”

“娘娘，你又惹什么情债遭人追杀？！”

王可以想躲，却慌慌张张不知道躲哪才好，于是团团转，结果在消防通道口，让背包客撞了个正着！

背包客，是江小涛。

从王可以不告而别，一年半，毫无音讯，经常想起，然后,努力让自己不想。

当面撞见,还没想好怎么开口,江小涛先开了口。

一口,咬在王可以的肩头,咬得她很痛,迟迟不松口。

他,这是万般的委屈呢,王可以的眼泪,刷就流下来了……

第四十二章

回溯不辞而别那天，江小涛懒觉起来不见了王可以，就有点心慌。再发现天昊和大卫也不见，就意识到怎么个事儿了。没有联系方式，只记得王可以的城市和她的米莰公司，想找，来不及了，假期结束，得返回部队。

部队纪律严明，除了休假，不得私自外出，想自由，除非调到机关。令人振奋的是，机关，就在王可以的城市。

于是他变得很勤奋，打鸡血似的投入各种军事训练，每天把被子叠得不但是豆腐块而且是豆腐干块，印象分暴涨；一有空隙，就写文章，歌颂好人好事、描绘趣闻趣事，博得领导青睐；最后撞到机遇，抗洪抢险不顾个人安危，抢救老乡家塞了现金的被窝，差点牺牲，因此荣立二等功。从素质到觉悟都评分优异，如愿以偿掉进了机关。

于是，找来了。

肩头一口牙印，诉尽了万般思念。

王可以瞬间融化，当着全公司面，用十分钟的抱抱，默认了这是爱情。

接下去的日子，两人如同初恋，把逛街、爬山、看电影、玩密室逃脱种种无聊的事，干得兴致盎然。互相喂个饭，喝水嘴对嘴，肉麻得老天都看不下去，连下了一礼拜的雨。这让王可以相信自己的灵魂对等的是颜值而非年龄，在各种天妒红颜必遭报应的恐慌中得意扬扬。

于是恶趣味抬头，开始不拘小节趋于堕落，衣冠不整去上班，或者懒得下鸾床不上班，搞得全公司八卦漫天。

“跟我回家见爸妈。”这天羞于启齿事后，江小涛忽然提出要求，并告诉她自己请了年假。

原因是他调到了机关，托房地产洪福农转非了的大家庭觉得光宗耀祖，开始给他张罗对象。于是，他以交代自己名花早已有主的方式化解了危机。

结果，家长要见准儿媳妇。

“不行不行，”王可以十分感动，万分慌乱，“完全没准备。”

“不去，我死给你看。”江小涛从冰箱里抓出块豆腐拍碎在脑袋上。

这个磨人的小孽畜，总有办法让她妥协……

在屁颠颠跟着江小涛赴家的过程中，王可以开始恐慌，江妈妈就比她大四岁，这扣怎么解？不管怎样，做人得诚实，那么，恋情是不就要见光死了？或者更惨，虐心苦情戏从此要上演，持续终生？或者再惨，被活生生压在雷峰塔下……

“亲，你是不是有点紧张？”

“别逗了，姐是老司机！”

于是越紧张越出错，当江小涛指着乌泱泱满屋子亲戚中的一个女人介绍是妈时，王可以脱口而出就叫了声“妈”。

这一声充满着亲切感的称呼，让江妈妈顿时心花怒放，瓜子花生大把大把往她怀里塞，满堂亲戚同步开启亢奋模式，争先恐后讲述江小涛的童年趣事或者糗事。

于是，热情欢乐的家族气氛，让王可以处于了一种面带微笑、内心入定的迷之状态，满脑子只有一个念头，就是怎么找到一个合适的机会，不至于让所有人崩溃的情况下诚实地说出自己的年龄。

鸡鸭鱼肉国家保护动物不管不顾上桌之后，亲戚们开启了趁热打铁模式：

“小涛好福气啊。”

“女朋友很有夫妻相呢。”

“结婚要热闹,生孩子要趁早啊。”

嗯,到正题了,江妈立刻加重笔墨:“可以啊,小涛属猴你属啥呀?到时候妈请鸡婆山的莫名大师给你俩算算八字……”

机会来了机会来了!诚实,必须诚实!

“我属蛇……”

“呀,你还比小涛大三岁呢,姑娘家长得就是嫩!”

“呃……其实……”

“其实这样更好啊,女大三抱金砖啊!”江妈从来不忘初心,“不过属蛇今年二十九了,得尽早生孩子,过三十就不利落了。”

于是,亲戚们开启述说早育各项好处、大龄产妇各种凶险的危言耸听模式,并用一个个事实以及谣传浪潮般地佐证论点。

于是,王可以再也插不进嘴,唯一机会被彻底翻页。

说是唯一机会,是因为王可以本以为之后还能找到机会,但之后,她被酒精干迷糊了——自酿米酒喝着轻柔,其实后劲十足,几杯下肚,王可以完全没了紧张与慌乱,直接进入忘乎所以模式,跟在场的同龄长辈们聊得那叫一个投缘！

“现在的年轻人，面对面不说话，拿个手机发微信，这叫啥事儿啊……”

“女人过了四十，一定要补充以胶质为主的保健品啊……”

“运动也很重要，广场舞就是介于有氧和无氧之间的一种很好的运动……”

“孩子绝对不能惯，也不能管太紧，要像放风筝，有收有放……”

江妈真是见到宝了：“你这闺女真是人精呢，这些话题都聊得头头是道，要不见人光听声，人家还以为又是我们老娘儿们在聊天呢！”

这，绝对是大反转的绝佳机会！

但，王可以倒了。

再睁开眼，已经躺在飞驰的轿车的后座里，兜里还有一个江妈给的厚红包。

江小涛开着车，满眼都是揶揄的笑意。

“江小涛，我都说什么了？”

“倒下前最后一句，是‘我还能喝，妈’……”

“我没说我年龄吗？”

“没有啊。”

“你为什么不说？”

“我又不知道你想不想说。”

作孽啊！

第四十三章

搁置问题的好处，就是能让大家用消磨时光，来淡忘问题的存在。

所以见家长后，江小涛就自行开启了同居模式。

于是，王可以在满满的幸福与性福中，被新问题格挡掉了老问题，开始烦恼——为什么，我会患上近似魏强的黏贴症？逛街要挨着、吃饭要贴着、睡觉要搂着，手还得捂在……

哎呀，好羞涩！

事实上，王可以也有强烈的“物器窥秘症”的欲望，想翻江小涛的手机，想跟踪，窥探他不在自己身边时的状态……但她害怕报应，忍住了。

由此可见，所谓“黏贴”“物器窥秘”“嘬奶症”等等，完全就是一种真爱入侵骨髓后的外在反射，其病态与否，完全取决于颜值高低。颜值高了叫甜蜜,颜值只要稍稍偏于油腻……

可怜的魏强。

性福中人,其心也善,她忽然开始理解魏强。

在一个小裴经理连声怨念从此娘娘不上朝的下午,隔壁小王忽然敲门而入:“王可以,做女人能不能矜持一点,每天晚上‘吱吱哇哇’地扰民,情何以堪?”

“哎!你怎么偷听啊?”

“用着偷听吗?!你卧室墙后就是我家卧室!”

“怎么着?想打架啊?”

“王可以,”江小涛出声了,“做饭去!”

“哦。”

乖乖做饭去了,做得提心吊胆:他们不会打起来吧?一打起来,小王会不会泄露跟我有过一腿?跟小王也有过一腿,江小涛会怎么理解?于是越想越心虚:罢罢罢!爱情永远不能善终,我偷了岁月,就该有此报应吧……

关掉油烟机的那一瞬间,听见外头大呼小叫,慌忙夺门冲出。

结果,隔壁小王和凤床小涛,大呼小叫打电玩呢!

还原提心吊胆那段时间他俩的交互,可以得出一个结论:即便童颜翘臀,年龄,也永远都是思想的鸿沟!

王可以进去厨房之后，俩人对话如下：

小涛："抱歉单身狗，让你受折磨了。"

小王："夜夜笙歌，怎么做到的？"

小涛："托体育锻炼的福！"

小王："体育锻炼？你都不打游戏的吗？"

小涛："不打游戏？那不成了油腻中年男吗？"

小王："要么组队？LOL。"

小涛："废话少说，走起！"

于是，这俩就嗨了……

王可以可算松了一口长气，幸好善良的本性，阻止了她在饭菜里下毒的恶念。

然后，强行阻断他俩的娱乐，逼着吃饭。

再然后，看着他俩狼吞虎咽地吃饭，满心欢喜。

再再然后，在他俩弃她不顾扑向游戏机后，心满意足地打扫剩下的饭菜，幸福得像个小妈。

我去！洗碗时王可以忽然惊醒：我这不是当妈一样？

回想起江小涛失而复得后的这段时光，真的是！她开始喜欢做饭，完全丧失控制卡路里的底线；喜欢强行帮他搭配穿着，把他打扮成自己想要的样子；喜欢做各种家务，一边抱怨他袜子臭，一边怕机洗不干净非得手洗……

算了，当妈就当妈了，谁叫这是爱呢！

“王可以！茶没了！”江小涛在外头叫了。

“来啦——”这个小孽畜。

“王可以，有可乐吗？”隔壁小王得寸进尺了吧！

“喝那么多碳酸饮料，不怕钙流失啊！要不要加冰？”唉，又添一儿子。

然后打开电视看肥皂剧，陪伴他们到深夜。

“小王！你不回家啦?！”

“别闹，正关键呢！”那俩异口同声。

“好吧……”

然后没多久，真儿子回来过寒假了。

男大十八变，吴大卫的个头已经窜到了一米八，而且，变得绅士范儿，开口就是 excuse me，上车先帮妈妈开关车门，满满富二代的应有气质，非常可喜。

但是，没多久就堕落了。

开门，进门，小涛和小王正手忙脚乱关电脑，收拾满地可乐罐和零食袋。

王可以大怒："你俩不说好了亲自下厨给大卫接风的吗?！"

小王慌乱得结结巴巴："对、对手太强大，忘、忘了……"

小涛也被传染："打、打得太艰苦，忽、忽略了……"

于是大卫亮了:“你们打什么呢?”

小王、小涛:“LOL……”

大卫:“妈,要不你做饭吧!”

“你……你们……”

“求你了——”仨人异口同声。

“你们要累死我呀,你们要累死我呀……”王可以碎碎念地抱怨着,进厨房做饭去了,越想越生气,最后在饭桌上,一脸严肃地给大家定规矩。

“玩游戏必须有节制,一天不许超过三小时!”

“嗯嗯……”

“家务不能我一个人做,必须轮流替我分担!”

“嗯嗯……”

“我说话你们可不可以认真听!”

“我们在吃饭啊!

“好吃吗?

“太好吃了!”

“真的啊?”王可以心花怒放。

“真的!”三个小孽畜,真是嘴甜如蜜。

哎呀,好开心!哎呀,好满足!哎呀,好幸福!

于是,很贱地看着他们狼吞虎咽,满眼慈祥,满心欢喜。母爱就是爱情的一种升级格式,傻傻,分不清……

第四十四章

王可以的母爱,是在前夫吴天昊的到来后,泛滥到巅峰状态的。

在王可以完全融入堕落模式,跟仨孩子忘我桌游的第二天深夜,吴天昊来看儿子了。之所以选择深夜,是因为喝多了酒闹痛风,家里没药等不到天亮。

结果进了门,看到儿子跟江小涛一并出现在面前,就开始放大病情,一会儿反思人生,一会儿要立遗嘱,凄凄惨惨悲悲戚戚,终于赢取了被收留的待遇。于是随后的日子,就以貌似大儿子的不要脸形态,骄奢淫逸地赖在了前妻家里,与大家一起骄奢淫逸开了。

结果,一女三男频繁地进进出出,窗帘内不时地人影幢幢,引起了朝阳大妈的高度警惕。没多久,接到"疑似聚众淫乱"举报的派出所民警来探访了,随后就被王可以不耐烦地回应所形成的人物关系线图给震惊了。

“儿子我不得照料吗?前夫痛风严重我不得照料吗?男朋友缺乏生活自理能力我不得照料吗?隔壁小王蹭吃蹭喝蹭玩游戏我不得照料吗?我像奶牛一样没日没夜滋养一堆大的小的,你说举报我的人都什么心态?!”

“奶、奶牛?”

“你说这话什么心态?!”

“我我、我在思索单亲妈妈和她的男友、前夫、隔壁小王……”

“你思索这个是什么心态?!”

“对对、对不起,社会限制了我的想象力。”

民警带着怀疑人生的失落感走了。

两天后,居委会最高领导亲自到访,亲自给防盗门贴上了“五好家庭”标识。

受此荣誉,王可以油然而生了一种类似于光荣母亲的骄傲感,变本加厉地对大小男人们开启了宠溺模式,以致疲于为她打理朝政的小裴经理开始相信前世积福后世享报的因果学说,对自己劳碌命凄凄惨惨悲悲戚戚,不堪自怜之下,在本市三千多仁波切中投缘了一位,皈依成了在家弟子。

宠溺的结果，就是总有被宠溺的人，要奠定最被宠溺地位——这个担忧，王可以是有过的，本以为会是江小涛，没想到居然是吴天昊。

不知道从哪天开始，这货开始趁着江小涛上班不在家时，传递负能量了：

“王可以，不要把江小涛幻化成过去的我。”

“王可以，你是在用他，弥补曾经对爱的愧疚。”

“王可以，爱情有毒，投入太深会丧失自我。”

…………

这种不良现象，必须遏止：“能下地了吗？能下地了就滚！”

于是，吴天昊尿了：“唉，忠言逆耳啊……”

被赶走后没有可口饭菜可吃、没有干净衣服可换的既得利益危机，让这厮闭了嘴，但随着痛风渐渐消减，这货又试图用比拼才华的方式，把江小涛压在肉躯之下，就像头胎见二胎，敏感脆弱坏。

为了彰显头胎的社会地位，这货把江小涛拉进了地下摇滚圈，让他见识见识什么叫“粉丝如云，众星捧月”。

谁想，这年头粉丝的忠诚经不起考验。当江小涛展示了稀有乐器绝活，将巴松融入摇滚乐中并被探听出居然还是根正苗红军人身份后，粉丝们开始大规模变节……

于是,吴天昊风头被抢,彻底落败。

之后,该货又改把江小涛拉进了地下绘画圈,试图在反主流创作上征服对方。

一开始,江小涛的虚心学习让他得到了足够自慰的满足感,但很快就又觉得事态不妙了——地下绘画圈爱搞抽象派,而所谓抽象派,完全取决于抽风的层次。色感好、整体感好,抽风就抽得够艺术。偏偏,江小涛蕙质兰心,向日葵能画出割耳朵的惊悚,而反主流创作,搭配的又是根正苗红军人身份,所以,他很快又成了地下绘画圈的热门话题……

于是,吴天昊又败了。

但让吴天昊彻底恼羞成怒的是,江小涛不但用了大量以卖不出去为荣耀的地下油画装点王可以的家,还用地下绘画手法给王可以画了人体,还是一丝不挂的那种人体,还偏偏冲破了地下绘画圈的禁忌(宿命),被一家官办美术期刊收录!

“被迂腐僵化的主流认可,是对地下艺术的亵渎!”这是吴天昊负气出走前对江小涛说的,貌似誓将反社会进行到底的标配愤中。

“他就是第二个我,你真是好了伤疤忘了疼!”这是他负气出走前对王可以说的,貌似世人笑我太疯癫,我笑世人看不穿的那种大隐哲人。

当时王可以正在潜心操作红糖蛋花煮黄酒："你干吗呀，吃完饭再走呀……哎，这死孩子……"

吴天昊离家出走之后，小海军知趣地退出了地下摇滚圈和地下绘画圈，但反主流创作的欲望却如滔滔江水连绵不绝。

于是起了一个笔名"浪蝶"，开始以"浪蝶"为主笔，隔壁小王和吴大卫在旁添油加醋的创作模式，在网上连载名为《可以在路上》的长篇艳情小说。几章下来，竟因为情节脑洞巨大、笔墨隐晦得恰到好处，点阅量乘数级增长，让这哥仨沉溺得不要不要的。

"喂！你们都不睡觉啦！"

"吵死了！睡觉能睡成作家啊！"

又是异口同声，这群，熊孩子……

第四十五章

满门熊孩子的格式，因为吴大卫寒假结束无疾而终。

吴大卫不在，许久没有挣钱的隔壁小王就丧失了蹭吃蹭喝的锐气，社会危机感爆棚地回归去了工作模式。

于是王可以的居室，又成了二人世界。

热闹不在竟都有些不适应了，仿佛一个理想国，最终瓦解在了世俗的共业里。

于是这个周末，王可以和江小涛不约而同地想要一个说走就走的旅行。

目的地，三生崖。

跟老炮的“情花谷”不同，三生崖是真的，那里湖面总是澄清，那里空气充满宁静，雪白明月照在大地，藏着你津津乐道的回忆——20 世纪 50 年代，一个贫下中农爱上了地主女儿，私奔至此，与世隔绝，神仙眷侣。

该故事阳光励志，象征爱情万古长青，世界观契合。

路程不到三百公里，两天时间一个来回、一次夜宿，刚好。

于是，王可以骑上她的哈雷，江小涛骑上借来的哈雷，相约最单薄的行李，最丰满的自己，走起。

“我像风一样自由……”许巍的歌声随风飘荡。

跟着导航走了一百多公里，哈雷的油灯亮了。正好不远处有个加油站，开过去，却没人在。加油箱积满灰，休息站门未关，里面的货架蛛网缠绕，显然已荒废了很久。凑巧的是，从休息站门里出来，外面已漫起了薄薄的雾，让这里显得更是清冷，于是王可以心里莫名生出一种野狐感，“刷”地起了一身鸡皮疙瘩。

“前面还有一家。”江小涛看着导航说。

“快走。”

俩人开出出口，却见墙拐角处一个身穿鲜红色奥黛（越南民族服装，近似旗袍）的女人背对视线站着，长发及腰，直到交错而过，都没看见脸。

驶出许久后，王可以和江小涛同时大叫：“我们撞鬼啦！”

然后同时大笑，但感觉笑得有些外厉内荏。

导航显示，下一个加油站就在去三生崖的一条乡道上，沿着砂石路开了一阵儿，在一岔口，俩人按指示走右边岔路。接着一路开，接着，一路又到了那个荒废的加油站。肯定走错了，所以没进去，所以，接着又交错过那个鲜红色奥黛的女人，依旧背对着站在出口外的墙拐角处，一动不动。

驶出许久后，江小涛笑着喊："我们撞鬼啦！"

"别说啦！"王可以觉得有些瘆人，"明明都是按导航走的……"

然后又按导航走，进乡道，到岔口，选择右边岔路。

然后，又开到了加油站。

这次，交错过那个女人后，谁都说不出话了。

他们发现，薄雾渐渐在变浓，不约而同想起电影《寂静岭》，毛骨悚然。

所以，当再一次回到加油站后，江小涛怀疑真的遇到了鬼打墙，迷信地认为那个女人就是症结，决定过去会上一会。

"我是军人，煞气重，反正咱俩也没油了。"

王可以带着一种死也要死得能上头条的心情，跟着江小涛下车，向那女人走去，然后听到小涛喊了一声"嘿"，倒把她吓了一跳。

鲜红色奥黛的女人身躯微微一震,可以看出,身材颇为窈窕。

看着鲜红色奥黛的女人缓缓转身,王可以有种想喊喊不出、想动动不了的感觉,就听着心脏猛烈在撞击胸腔。

然后,看到了那女人的脸,长发下,一张苍老的脸,满是皱褶。

"我被偷走了时间,"女人幽幽地说道,透着一股凄凉,"我才二十八岁,谁偷走了我的时间,她会有报应。"

然后,甩下两个人,幽幽地走了。

直到目送她的身影消失在视野里,两人才注意到她先前面对的墙壁,上面用硬器刻了一堆文字,描述了一个人在两年时间内迅速衰老的过程,或就是那女人。

江小涛忽然就搜了圈百度,然后长长地叹了口气:"是一种病,早衰症。"

"我想到了,应该就是早衰症。"王可以这么回应,但心里却被一种诡异和恐惧的感觉笼罩, 似乎与这个女人相遇,不是巧合,似乎自己和这个女人存在着某种玄学范畴的牵连。

"坚持健身的女人多了,又不是各个都能冻龄。"这个想法在脑袋里回荡。

于是女人的话, 又砸向了她心头:"谁偷走了我的时间？她会有报应的。”

江小涛似乎感受到了她的负能量，宽慰地调侃：“革命军人不讲迷信哦。”

“去他妈的！”王可以狠狠地一挥手，心里也发了狠，“谁也阻挡不了咱俩说走就走的脚步！”

于是给4S店打电话，叫了白金卡贵宾专享服务。

两小时后，一辆加满了油的宝马X5M借用车送到，刷了卡，开走。

“有路就有万宝路”，为了辟邪，X5M来前，王可以就让工作人员买了包万宝路香烟放在车台上。

“换条路走吧，导航有三个选项。”

“就走那条乡道！我就不信邪！”王可以满心都是鬼来灭鬼、神来灭神的煞气！

一路开进砂石的乡道，一路开到那个岔路口。

“别听导航，走左边岔路！”王可以的口气强悍得成吉思汗也就是个射雕货！

于是走了，开进左边岔路。

果然，导航两次执拗地要求掉头后，改变了线路，的确，能到三生崖。

这让王可以很有胜利感，但没开多久，雾气开始加重了。

随着雾气越来越重，王可以的胜利感越来越弱，心也越来越虚，直到能见度只有几米范围，想调头都难了——路很窄，路的右侧，是崖。

于是打开雾灯，缓缓地开，为了壮胆，打开车内音响："今天是个好日子，心想的事儿都能成，明天又是好日子……"欢乐的歌声开到最大。

没注意到，导航很久不做声了。

接着没防备到，前面一个硬坑。

紧接着就是"砰"一声巨响，车头一沉。

停车，下车，两个前轮双双爆胎。

"见鬼，叫救援吧。"王可以沮丧地掏出手机，结果，没有信号。

江小涛卸下充当导航的手机，点亮屏幕，没有信号的提示语横在界面上，这才发现导航已无声很久。

顿时，一种冒犯了鬼神的恐惧感，弥漫了王可以的每一个毛孔。

被江小涛搂着往回走的过程中，她的腿始终都是软的。

浓浓的雾气中，那个鲜红色奥黛的身影，一直都在她脑海里时隐时现。

“小涛,”很久之后,她哆嗦着声音要求,“你能不能撒泡尿。”

“干啥?”

“童子尿阳气重,遇到灵异事件,能冲。”

“我不是童子啊!”

“你是军人啊!”

“哦哦……”

一泡尿后,也不知道是不是心理作用,感觉雾气淡了一些。

返回到岔路口时,天色已暗,但至少,这里有信号。

结果打开手机,死机了,该死的 iPhone,以后一定支持国货。江小涛的华为,果然很给力,可是刚拨通电话,“滴滴”一个提示音后,没电了。

“一、一直导航,费电……”想到充电宝落在了车里,江小涛气短得话都结巴了。

于是只能再接着走,到那个荒废的加油站,总能等到几辆过路车,求个援。

走到加油站,天已经全黑了。

结果,直到凌晨三点,只过了两辆大货、一辆 SUV,手舞足蹈拦车,对方却都是轰起油门加速跑,感觉就像撞了鬼！

三点后，再无车过，饥肠辘辘，寒气逼人，只能躲进休息站里，席地靠墙相拥而坐，混混沌沌睡去。梦境里，鲜红色奥黛的女人跳着妖异的舞蹈，苍老的面容，带着诡异的笑容……

直到第二天近中午时，才有一辆也被导航误导来加油的轿车进站，于是借了手机，跟4S店叫了救援。

救援到，已经下午两点，这时王可以和江小涛所有的感情，全都倾注在了工作人员带来的便当上……

至此，单薄的行李，最丰满的自己，说走就走的旅行，去他娘的了。

悻悻而归之后，一种莫名的末世感，莫名地植入了王可以心里，时不时地窜起，嘲笑一番，再鬼魅般地消散了去……

时不时地……

第四十六章

一切都是征兆。

跟江小涛这次诡异的历程中唯一没有童话感的旅行，让王可以在接下来的一周时间，总感觉像被某种力量，一丝一丝地抽去阳气，身体发凉，并有些六神无主。时常有想哭的欲望，又不知道为了什么。

所以这周末，当江小涛接到妈妈要求带女友一同回家的电话后，她像是遭受了被所有人认为是临幸的侵犯，无比脆弱地就哭了："呜呜呜……上回就该把年龄问题挑明白的呜呜……"

于是，江小涛宽慰："放心啦，我妈不是传统意义上那种婆婆……"

想想前次那番亲情融融的景象，王可以也开始怀疑自己是小人之心毁情操。但终归还是心虚，临出发前，给江妈、江爸及其二十八位亲戚全都买了礼物。

女人就是这么奇怪，花钱了、血拼了，负能量也就荡然无存了。

但跟着江小涛踏进家门的那一瞬间，王可以就意识到曾在脑海里预演过并用自我批判的方式禁止脑海再进行预演的灾难，不为意志所转移地来临了——房子里气氛压抑，江妈、江爸及其二十八位亲戚，面冷如霜、眼神如刀。

“城里真是套路深啊，大妹子。”

这声“大妹子”，让王可以瞬间就被一种距离感砸进了冰窟窿。

原来，上回走后，江妈向鸡婆山莫名大师算八字的欲望无法遏止，打电话问儿子，得到了2月29号的生日数据。于是就着王可以属蛇的说法，抄录在纸条上，并在大师闭关结束的第二天，连同红包递了上去。结果，红包收了，纸条给扔了回来，原来这年2月，根本就没有29号！正纳闷呢，全家族最八卦的四姨抱着手提电脑大呼小叫过来找她，电脑屏幕里，是米茨服装服饰有限公司的百度百科页面，包括老板王可以的简介，包括简介中的年龄……

收购百度百科肯定是来不及了，所以，一场轰轰烈烈的批判大会就此展开：

“老牛吃嫩草你不要脸！你以为我家小涛是那种小白脸啊?！”

“有钱就能为所欲为啊?！你们资本家太邪恶了！”

“整容整得出年轻的样子,但整不了丑陋的心灵！”

“没整容？那不就是狐狸精吗？”

…………

不要被亲情融融所蒙蔽,那只是在陌生时,当你有了缺口时,中国式亲戚谁强嫉妒谁、谁弱欺负谁的强悍基因,就会在“都是为了家族好”的大旗下,让邪趣之花遍地绽放。

“我生气的不是你年龄大,”江妈强调,“是生气你为什么要骗我。”

“我、我没有想骗你……”

“那天你说的,就比小涛大3岁！”

“我……”回想那天,是一听王可以说属蛇,江妈就蹦出了个女大三的概念,结果大家话赶话,就把纠正的可能性给错灭了。但现在江妈一把鼻涕一把泪,真相也就由她定义了。也没辙,当时没敢耿直纠正,活该“被穿帮”时丧失底气。

“我们不是那种不明事理的家长,”江妈妈再次强调,“我们不是介意你的年龄,而是痛恨你说谎欺骗的品德！”

“她孩子都很大了……”江爸的补充,暴露了“品德说”只是讨伐者自我架设的光环,其实还是年龄的问题。

中国式讨伐有一个撒手锏,就是问题明明都在吃喝生娃形而下,却一定要抢占思想、品德、情操三观的形而上高度,因为只要站上这个高度,多阴冷刻薄都可以无问西东。

所以,江爸成功占领这个高度之后,七大姑八大姨十三叔伯,就打了鸡血似的把批判会顶上了高潮。批判内容,包括并不限于大城市女性的妖孽本质、中华传统美德在他们这一代后沦丧、充满血和肮脏东西的资本主义邪恶正在渗透、整容是去的韩国还是泰国……

当发现江小涛从起初的错误往自身揽,发展到据理力争脸红脖子粗后,大家的矛头又纷纷指向了他。

“你是部队里待傻了,不知道社会险恶啊!”

“家里的希望都在你身上,你就这么报答家人吗?”

“你这是在给江家丢脸, 你爸妈以后还怎么抬得起头?!”

于是,被拱火拱到能熔铁化金的江妈妈,看见儿子还在继续帮王可以说话,就发毒誓了:“江小涛!你要不跟她分手,我们就断绝母子关系!”

于是,整个屋子安静了,二十八名亲戚,愤怒的表情遮挡着看热闹的雄心。

王可以眼泪在眼眶里打转，为了不被看到流下来，她一言不发，转身就走。

却被一只手给攥住了，是江小涛。

她能感受他当时不是愤怒，而是一种结果完全出他意料之后的歇斯底里："爸、妈，婚姻是我自己的事，我爱王可以，我要跟她结婚！"

然后，拽着王可以一起走了，甩下呼天喊地的一家族人……

太多的中国男孩子，尤其是刚成年离家后的男孩子，都会相信自己有个与别人妈不一样的妈：民主开放、不循陈规、以他之所好而欢喜。而这种源自于因依赖渐远的思念以及由主观意愿构架的天真，乃至自欺欺人的理想，往往就会在以结婚为目的的恋爱时破灭，然后开始经历电视剧中喜于描述的，来自于家长的所有虐心，这才开始真正成长，或妥协、或抗争地承受到中年，变成中年规定的样子，在习惯中人格成熟。

但这时王可以却想起了儿子八岁时的一次情景，当时她要去法国，两个月，临走前那晚，儿子要挨着她睡，还不让关灯。

"明天就看不到你了，我要多看一会儿。"当时大卫还是童音,细声细气的。

当时王可以泪崩了,发誓永远不离开他。

所以,大多数好妈妈都是真实的,民主开放(宠溺)、不循陈规(宠溺)、以他之所好而欢喜(当然),但在儿子非家长之命、以结婚为目的的恋爱后,好妈妈的人设往往就会崩塌,什么生活习惯不同、家教环境差异等等,都是伪命题,真正的核心,是妈妈觉得儿子移情别恋了,于是在一种丧失感中,歇斯底里。

所以,王可以若真就只有二十多岁,当江小涛拉着她的手决然离家之后,一定会在感动的眼泪中享受胜利的喜悦,再用山盟海誓表达你若不离不弃我必生死相依。但王可以不是她看上去的年纪,这个结果,她会觉得残酷,但并非对于江小涛的抉择,而是自己。

绝大多数人,只会在电视剧里快意恩仇,而背离亲情就是大逆不道的属性,是几千年来沉淀在染色体里的契约式认知,不容对抗。

她可以是苏妲己,但不希望江小涛因她而有所抛弃,哪怕只在态度上,因为不孝的帽子轻如鸿毛,随随便便就能扣上,却又重如泰山,没人承受得住……

但江小涛对她说:“闭嘴!我就这样了,没商量!”

第四十七章

江小涛的霸气,也体现在军人式的雷厉风行上。

重新审核了家族风格后,他相信此时此刻七大姑八大姨十三叔伯必然正在献计献策，怀疑在他们的集体智慧下,父母被撺掇去他机关哭闹将成必然,所以他认为:想要杜绝此类情节发生,就得以快制快,赶在他们之前,把生米煮成熟饭!

于是江小涛想出一条毒计：立刻向部队机关申请结婚!

此计谋之所以毒,就在于结婚申请一旦批复,他和王可以就是军婚,任何人阻挠,都可以被扣上破坏军婚的帽子,性质严重了,就是罪!

之所以判断申请会很快批复，是因为江小涛的政委，是王可以的初中同学。

这是一个大彩蛋!

追溯之前,王可以曾以女朋友身份,跟江小涛进他机关参加一次联欢晚会,当时,王可以被疑似军嫂的光环笼罩,衣着朴素、发型简约,正能量四溢。

结果迎面走来一位看着就是领导的领导,吓得王可以猛一激灵,掉头就想跑。

因为爆了大彩蛋!

“王可以?”领导惊呼出她名字的同时,江小涛对他一个立正敬礼:“政委!”

“你们认识?”江小涛惊问政委的同时,政委惊问:“你说带女朋友,是她?”

王可以讪笑:“呵呵……蔡正伟,你是他政委啊,呵、呵呵……”

蔡正伟政委讪笑:“呵呵……王可以,你都不会老的啊,呵、呵呵……”

之后,蔡政委很严肃地说要跟他们谈谈,并把他们领进一间很严肃的办公室。

“这个……你们俩这个情况,让我感到很突然……”

再之后,很严肃的谈话被王可以用怀旧青春带跑了主题。

"高二那年文艺演出,你朗诵席慕蓉的诗,我记忆犹新……"

于是,短短十分钟后就渐入佳境,开始感叹逝去的岁月,唏嘘错过的爱情,擦拭为此渗出眼角的泪渍。

"林鸥好像一直都没结婚……"

"不提她、不提她,都过去了……"

比容貌多出来的二十年光阴,无疑是一条老司机的成长之路。

所以后来蔡政委这么跟王可以说:"真羡慕你,不走寻常路,所以永远年轻。"

然后又对两小时没插上话的江小涛这么说:"你们是认真的,就好。"

再后来,蔡政委让王可以见识,让江小涛提高了军人的酒量。

第二天蔡政委的微信朋友圈显示:

一夜秋风入梦,
往事烟消云散,
爱党爱国终无悔,
何须再回首。

不管这算不算诗,至少情感满满。

所以,写好结婚申请后,江小涛对王可以说:"妥妥的！”

“你想过没有，你爱上的是爱情本身。”江小涛带着结婚申请去上班后，王可以鬼使神差又找去了吴天昊。这回，天昊算是用稍稍接地气些的语境跟她探讨了一回情感：“江小涛恰恰在合适的时候，成为爱情的载体，于是千恩万宠。”

“这台词听着耳熟。”随后王可以想起了无良编剧莱哥哥的一部电视剧，该死！

“莱哥哥人贱理不贱，你一直缺失被呵护的感受，于是有了魏强。但随后就被你那与年龄不符的世界观，强行归类进了腐朽家长一列，被叛逆；随后叛逆的心理惯性，让你跟江小涛被貌似的吸引力法则捆绑在了一起，结果与年龄相符的潜意识，又驱使你越来越像个母亲……”

“别急着反驳，”王可以还没来得及回嘴，就被天昊给打断了，“问问你自己，现在你们相处，还有你所说那种童话世界的梦境感吗？还是，你想照顾，更想付出，如果是这样，你和他，跟之前你和我，又有什么区别？”

吴天昊这个人的可恶，就在他从不会在你需要的时候，说出你需要的话。

“天昊你不懂女人的爱。”王可以想了很久，回敬道，

"女人真爱一个人,就会像妈妈,不像我妈,就像你妈!"

随后恶毒地想要进攻:"江小涛, 他跟你的区别就在于,他会给我勇气!"

"是的," 她加重了肯定的语气,"给我面对未知时,抗争的勇气。"

"王可以,"天昊的眼神像极了一个冒牌催眠大师,"你偷走了时间,所以被锁定在了错乱的空间里。"

当晚小涛回来时,有种革命即将胜利的亢奋。

王可以却有一种听天由命的悲凉:"等结果吧。"

结果。

情理之外,意料之中。

部队机关对江小涛这位年轻的党员干部是认真负责的,收到结婚申请后,展开了近一周时间的调查和评估,于是,发现了问题。

于是,他们找了江小涛,问了两个他无法回答的问题。

1.王可以是名私营企业主,她成立米茨服装公司,经历了国企改制、收并、私有化的过程,并于早期在国外注册品牌, 很长一段时间都以海外品牌做幌子,那么,之前这个灰色的时期,你和她,谁能保证没有原罪存在?之后的发展道路,谁又能保证没有新的资本之罪滋生?

2.在与王可以发展感情关系之后,你不但出现了婚前同居这种违反良俗的行为,还混迹于颓废反叛的地下艺术圈,还以"浪蝶"的笔名,在网上连载小说,以所谓爱情为包装,内容暧昧,含有大量的三俗情节,与你平时在单位的精神面貌完全相悖,这种两面性,是从来就已有之,还是受到久染不良社会风气的王可以的影响和侵蚀而使然?

这两个问题其实根本就不是问题。

甚至,都不以是否批复结婚申请为前提。

它们只表达了一个含义:要么划清界限,要么脱军装,你自己选。

所以,江小涛回来之后,整个人都蔫了,像是再次经历母亲的变脸。

王可以给老同学蔡正伟政委打电话,不接,发微信,不回,始终。

死寂!

深夜,十一点。

一直坐在沙发里的江小涛忽然站起身,脱了军服。

却不是要洗洗睡,而是把军服,一丝不苟地叠起来,随后，把军帽工工整整地放在上面。这个过程，足足半个小时，王可以一直看着，惊心动魄，她感觉自己每一个毛孔都在收缩以致浑身发冷、僵硬，她以为自己在感动，但空空的脑子里，却总在碎碎念着一个“不”字。

这时微信声响，是老同学，蔡正伟政委。

打开，文字如下：“请理解部队的集体主义，在生活风气上，它并不敌视前卫，但会选择保守与常态；它不排斥另类，但不能给予鼓励，因为这会让个人主义得以滋生，哪怕是个人英雄主义，从而与服从的天职出现抵触，部队需要做到，即便流水的兵，也得是铁打的营盘。”

“王可以我决定了……”

“不！”王可以截断了他的话头，“分手吧，离开我。”

江小涛刚要争辩，她一口就咬在了他肩头，咬得他很疼，久久不撒口，就像那次重逢时，他咬她一样。

这过程，她感同身受了他当时的那种委屈，心中千言万语，说出来却都是矫情，所以反射成了最原始的本能，想要吃掉他，把他完完整整放进自己体内。

松开嘴后，王可以不容争辩地低吼：“没商量！”

再后，她整理了江小涛的衣物，收拾进了拉杆箱里，整个过程，她让自己面无表情，觉得这样能让自己看起来更冷酷。

再然后，她自己变软弱了：“亲亲，我的宝贝……”

她从后抱着他，席地坐在床边，整整一夜，直到睡去。

梦中，江妈、江爸敲锣打鼓，七姑八姨十三叔伯扭着秧歌，大家又唱又跳：“今天是个好日子，心想的事儿都能成，明天又是好日子，千金的光阴不能等……”

她被围在中间，傻傻的……

直到清晨，看他穿上军装离去，再不回来。

关门时她喃喃说：“好希望地球上只有你我，但这不可能……”

第四十八章

“王总，尼古拉斯·温想跳槽。”

“那就法庭上见。”

“我们可以打感情牌的。”

“那就跟勾引他的公司法庭上见。”

这是今天小裴经理和王可以唯一的对话。

跟小涛分手后的半年里，王可以变成了一个严肃的人，她不愿意多说话，也不想让生活再有情趣。她开始在公司里查迟到早退，却不惩罚，只用眼神冷杀。她把公司与外的纠纷全都揽在手里，却不为协调，只为让对方感受自己的藐视。她像真的进入了更年期，神来杀神、佛来杀佛。

只有经常在夜里，她会做没有画面的梦，觉得怀里，仿佛蜷着一个小身躯，在轻轻地动，直到醒来，享受完全清醒前那一阵时间的恍惚。

但这种状态，随后被击破了，被很久没联系的闺蜜，高敏。

在与小裴经理对话结束后十分钟，王可以的手机里出现了一条短信，显示银行账户里被汇入了二百万。

一分钟后手机响，是高敏：“王可以，下班后出来高逼格。”

于是下班后，王可以和高敏双双出现在了一家高逼格的餐厅里。

高敏皮肤变黑了，看起来气色不错，对服务生吆五喝六时，脖子上的祖母绿宝石项链故意光芒闪烁，像极了一个暴发户。

“你贩毒了？”

“我有这胆儿，没这渠道。”

“中彩票了？”

“拜托，这里还是中国。”

“那你哪来的钱？”

然后高敏说书般地讲述了她的传奇。

成为保险公司的业务骨干之后，高敏持续重金花费在公公、婆婆和董建的吃喝穿用以及各类靠谱和不靠谱养身方案上，然后在公公、婆婆沉迷于高品质生活无法自拔时，忽然提出不再麻烦二老,要跟董建出去租房子住。

于是,在这个提案被坚决否定之后,高敏就在婆家建立起来无上的权威。

这么做的好处,是让董建从此摆脱了来自于家庭上层建筑的压力,“我预感到董建将再创辉煌,”高敏是这么说的,“所以要为他铺平道路。”

虽然这是马后炮,但那之后,公婆不再对看上去这辈子没啥出息的董建指点人生,却也是事实。

董建在会计事务所当审计助理,也的确没啥出息,但他人踏实,脾气也好,还敢给老板做酒替,而且置生死于不顾,久而久之,在业界积累出了好口碑。

于是,机会来了。

这天,一家人工智能医疗公司主动找到了董建,该公司是由几个脑袋一热就无问西东的在校研究生自主创业,以为这世上有口号就会有实效,结果始终得不到贷款,在砸锅卖铁倾注全部家当,逼穷两个富二代合伙同学,逼死一对中产阶级爹妈之后,维系不下去了。

后来,哥儿几个从别人的酒桌上得知董建曾经担任过银行行长,就打算死马当作活马医,找他碰碰运气,实在不行,各自找个僻静处切腹上吊。

董建这人有一个好处,就是从来不懂敷衍人,就算再不靠谱的事儿，被灌翻后答应下来，就必须认认真真做。结果认认真真一调研，发现这是一家极有潜力的企业，前景广阔、未来无限，苦就苦在这帮学生缺背景，没有跟上头说话的人！

随后董建辞了职，问高敏要了些钱注册了一家空壳公司，然后跟那家企业谈收购，最终达成条件：空壳公司以两千万的注资，收购这家企业51%的股份。

可两千万从哪来？董建也不是能跟上头说话的人啊。

但董建有面子，曾经当牛做马挣来的面子。

他之前在银行，一直都是"背锅侠"，但他品格好，批贷那事儿明明是套儿，东窗事发后也是自己个儿默默担了，审查时一个人没咬，所以这回他求助前领导，对方再不是人类，也得给份防止他以后可能会咬的面子。

当时对话如下：

"领导，往事不堪回首。"

"董建，你想干什么？"

"我想往前看。"

"做人就要像你这样正能量。"

之后，银行出奇快速地考核了这家企业，出奇高效地同意发放两千万贷款。

于是，董建发达了……

“那二百万，是企业第一笔分红，”高敏粗门大嗓，“还欠你三百万，下季度分红连本带利还你！”她生怕周围有人听不见：“要不要入股？要入股我立马给董董打电话。企业，董董说了算；董董，我说了算！”

这顿饭到最后，王可以喝多了，一觉醒来，感慨万千。

在所有人看来，高敏和董建，从结婚开始就是错，错得离谱，甚至坚守，都觉得是错，但从某一刻起他们肝胆相照，于是一切变得都对，于是有了今天。

那么她呢？她骄傲于自己冻龄美颜，却因此承受悖逆常规的因果，于是怀疑自己偷了时间，所以遭受报应，被锁定在错乱的空间里，以致整颗心变得冰凉。

“去他妈的，”对自己说脏话后，王可以神清气爽，“谁在这个世界是错的？！”

她醍醐灌顶，一切名言警句心灵鸡汤都是狗屁倒灶！

这个世界，晦涩与光亮，只取决于自己的心境，未来永远都是未知，有人觉得恐惧，有人觉得曼妙，于是有人地狱，有人天堂。

“不是我在这个世界，而是世界在我这里。”有个声音在她耳边细语，像儿子八岁时的童音，“听从自己的声音，活出自己的样子，王可以。”

第四十九章

“小裴经理，”这天王可以一进公司，就把小裴经理叫进了办公室，“如果我把公司送给你，你会怎么做？”

“王总，虽然您很长时间没人性了，但篡位夺权这种事，我干不出来。”

“我是说真的。”

“王总，就算您身居高位不胜寒，也不要用这种伤害情感的方法，来试探一位跟您一路风雨的老臣。”

“我拟了份股权转让合同，你看一下。”王可以递给了他一份文件。

“娘娘，我想上厕所。”

“快去快回。”

小裴经理哆哆嗦嗦上完厕所后，哆哆嗦嗦回来看了合同。

然后哆哆嗦嗦地说:“娘娘,我还想上厕所。”

“快去快回。”

这趟厕所出来,小裴经理没有直接回办公室,而是掐了途径所有人的大腿,听到所有人都喊疼、部分人要报警性骚扰后,才确定自己没在做梦。

于是问王可以:“为什么?”

“我想去寻找,具体是什么,不知道,爱情,或者爱情本身,生命,或者生命所创造的无限可能。”她不确定地摇摇头,“很复杂,但我又觉得是在归于简单,我甚至不知道我应该怎样去寻找,但我会听风的声音、路的声音、田野的声音、每个城市的声音,直到听懂我自己。很长时间,我会一直在路上,我可以。”

“你看文艺片了?”

“小裴经理,”王可以没有捧他这哏,而是很严肃地说,“我需要你三个承诺,第一,赡养米茨公司前身、红光厂的退休老员工,这个传统不能变;第二,我给公司职工上的几份商业险,无论什么情况,不能停;第三,无论怎样的诱惑,都不能被资本操纵,无论怎样的困难,都不能向官员行贿。”

"承诺这三点,我所有的股份就都是你的了。"

"娘娘……"

"你尿够了没有！"

"不,我是想说,我小裴经理至今没能成为您的面首,何德何能就这么不明不白地实现了少奋斗三十年的堕落梦想。娘娘这种不以物喜不以己悲的臻化境界惊天地而泣鬼神,您真的确定,不是严重的更年期综合征而使然。"

"唉……你要不愿意的话,我另找人。"

"什么时候签合同？"

据说签合同后，小裴经理并没觉得这份天大的福报，是因为皈依了那位仁波切，而是从此坚信自己的前世,必定是位拯救了地球的大英雄,从此横行江湖,意气风发且心安理得……

当然,小裴经理是个仗义的人,转让合同他坚持修改了一条,就是留给王可以每年一百万的固定分红。

于是因为这一条款,王可以找到了老爸、老妈。

"老妈,跟西方邪路作斗争,要实打实。"她撺掇老妈,在学生群里搞一个"育英中学校友基金会",以她每年的固定分红为基数,筹集善款,资助需要帮助的贫困学生,"是的,老妈,让您夕阳红得万丈光,亮瞎西方邪路们的眼！"

据《王可以回忆录》后来描述，在老教导主任的积极号召和组织下，昔日的学生们踊跃投入公益事业，基金会规模日益壮大，并在某年傲骄地拒绝了一笔庞大的、带有可疑内涵的境外捐款后，社会主义夕阳红，红遍了大江南北……

安排了老妈、老爸之后，王可以自己都没想到，第一个想要道别的，竟是魏强。

已是两年多未见，除了微秃脑袋上的细发杂了些白色，眼角多了几道浅浅的皱纹之外，魏强看上去一切如旧，只是对视时的眼神，少了炽热多了安详。

“离开你后，我像回到了自己的世界，游刃有余。于是发现，男和女，相较于爱情，莫不如合适。”

“看到你安好，我就释怀了。”

魏强依旧是敏感的：“王可以，你是要离开吗？”

“我没说呀？”

“我感觉得到。”

“我把公司给小裴了。”

“你疯了吗?！”

“老同学……这就是，我们不一样的地方。”

魏强噎了很长时间叹了口气：“要不……把毛毛留给

我带吧。"

"不,我答应过你的,不让它离开我。"

魏强顿挫片刻:"这就是,我们一样的地方。"

王可以愣了三秒后和魏强相视而笑，从此莫逆于心……

最后王可以找去了吴天昊,可是不巧,他又喝醉了。

但王可以很严肃:"天昊你听着，痛风是你自己的事,好酒,那就扛着;选择怎样的生活方式,也是你自己的事,认定了就别再自怜。没有可依赖我的日子,学会自己照顾自己,或者,无怨无悔地听天由命。"

"但我不许你,再在你的地下艺术圈里诋毁江小涛,或许那里,是他走向成熟的过程中,唯一珍藏了放肆的地方,我希望在他心里,那个地方,是无瑕的,我希望你们成为朋友,让我想到你时,想到他,想到他时,想到你,毕竟,我像曾经爱你那样的爱他。"

吴天昊有些酒醒:"你……不是发烧了吧?"

"低烧,37 度 2,"王可以笑了,"以后,我的生活,都会是 37 度 2。"

告别了风中凌乱的吴天昊,王可以把写好的遗嘱投递给了高敏。

内容如下：茧破蝶成，生死莫悲。

然后，她从地库推出了那辆哈雷摩托，半年多没再骑它，已盖满了灰尘。

但清洗后，闪亮如新。

王可以给毛毛做了一个更坚固的、能遮风挡雨的笼子，把它装在了摩托车的后行李箱处。

“走吧，毛毛。”王可以拍拍笼子。

最单薄的行李，最丰满的自己，走吧。

去哪里，不知道，只是远行。

或许留宿在天涯，或许一直在路上，人生从来没有必然的归宿。

所以，她可以。

我想去寻找，具体是什么，不知道，爱情，或者爱情本身，生命，或者生命所创造的无限可能，很复杂。但我又觉得是在归于简单，我甚至不知道我应该怎样去寻找，但我会听风的声音、路的声音、田野的声音、每个城市的声音，直到听懂我自己。很长时间，我会一直在路上。

——王可以

后　记

写下这部小说，源于母亲的离世。

我有一个强势的母亲，严苛且独断，她希望我是她塑造的“乖乖女”，努力杜绝我一切与外界的自主交流。于是我的青春期，因为试图叛逆的斗争兵荒马乱，最终失败，在成为那个“乖乖女”的同时，失去了接受和表达爱的能力。

所以我不懂爱情，谁给我多一点，就会让我惶恐不安，谁对我好一点，就会让我为了抓住这一点点，飞蛾扑火。曾经以为人生就是家人和事业，直到感情在一地鸡毛中崩溃，才开始学会怀疑。

那一刻我惊觉，我甚至没有一个可以倾诉的对象，我嘲讽自己，你所有的忧伤和不幸，或许只是别人饭饱后的八卦。

那么，我就告诉自己：把忧伤当作一种情调享受吧，没有什么是不幸的，都只是，经历而已。

因此我的青春期，从那一刻才真正开始。

我想做一朵野花，自由、坚韧，生死有命，富贵在天！

我辞去所谓的正经工作，离开家，开启海阔天空任我行的模式，卖服装、干酒店、搞茶庄、开银楼、倒腾房产……

并且随缘结交朋友，尝试我想要的爱情，因此渐渐变得开朗、外向。过程中，死过三回：煤气中毒、食物中毒、车祸。第一次因为穷，第二次因为馋，第三次，因为快乐，然后乐极生悲。

天道酬勤，三次与死神擦肩而过的这几年里，我终于在某种程度上实现了财务自由。钱，绝不是王八蛋，当钱不是生存的欲望时，它反倒给了我克制的权力：战胜垃圾食品的诱惑，追求健康的美食；战胜各种堂而皇之理由为包装的懒惰，再忙也必须运动，游泳、健身、钢管舞，从强制、自觉直到快感于其中。钱也成就了我的视野：去富士山看雪，去东京购物，去塞班冲浪，去米兰体会时尚，去巴萨罗纳观光奥林匹克，去泰国揣摩玄学，去罗马探问西方文明的缘起，去瑞士感受社会不再浮夸后人类应有的求索，去威尼斯乘着刚朵拉体验远离现代文明的童话梦境，去澳洲堪比赛道的公路贴地飞行以及不夜的澳门、香港，诗与远方的云南、新疆……

世界之多元，一切不可定义，就像电影《极盗者》：有人追求安稳踏实、长命百岁，他们却享受生命的跌宕驰骋，拥抱死亡，给人生绘画优美的弧线。

哪种人生都没有错，但要听从自己内心的声音去选择，于是我的心田变得肥沃。不快乐事不会不快乐，那是吹牛；不快乐事不会隔夜，渐渐却能做到。就像孩子，摔了，疼，会哭，但一串糖葫芦，就转了心境；或者像青梅竹马的爱情，无奈离别的忧伤，再见时一吻的深情融化，好似十多年的光阴，只是匆匆一瞬。

于是，有一天，我忽然意识到，不知从哪一天起，我从内心撕碎了年龄的标签，像撕碎一种陈规，我驻颜在了年轻的样子，把灵魂长久在了青春里。

之后，母亲病了。

曾经如此强悍的一个人，变得如此羸弱，直到死亡。

她努力度过别人眼中标准格式的人生，但在人生尽头时，想不起标准格式从何而来。传统？习俗？社会？或是性别的契约？她感到不解，却无从解，于是矛盾，在病房里任性，像个用任性掩盖无助的孩子，在我喂食时抱怨，然后流泪，让我轻轻抚摸她的手臂，才肯安静睡去。

照顾她的那段时间，我忽然明白了一件事：虽然她直到最后一刻，依旧无奈于我选择对生活的放肆，但我拥有可以放肆的权力，谁又能说不是她所恩赐？她让我懂得选择，学习坚强，体会被帮助，懂得用回馈社会去感恩，用最强烈的渴望，享受变化的多彩，而非恐惧变化有多未知。

弥留之际，她对人生有很多遗憾。

她的遗憾，让我明白人生请勿等待。

我开始把每一天当作最后一天来活，开始着手我想做却没有做的事。我骑着哈雷沿公路远行，成为重机嘉年华和骑行新疆的唯一女骑士，并成功环骑了澳洲；我冲进赛道，成为了“圈数王”，并冲进赛道摩托150组男女混合赛排位13……

结果有人问我：你一定喜欢过山车吧。

我说：不，我喜欢操控，不喜欢被操控。

我要操控自己的人生，想在有限的生命中有无限的可

能，我乐见的生命，不在于长度，而在广度。

感谢乔布斯的那句话：我要在宇宙中留下痕迹。

也感谢我的发小莱哥哥，小时候他是个浑蛋，大了也是，但他成了编剧，出过几部耐人寻味的电视剧，因而有了知性的标签，让所有的浑蛋看上去都像是笑傲江湖。他曾语境高深但表情油腻地告诉我：敞开自己的内心，与人分享，或博人一笑，或催人以泪，或引人以思索，都是岁月流逝中，永久的快乐事，直到终了时，审慎自己的一生，再无沉积，因而透明，放下地离去……

所以我想把我的事故以及对生活的感受都写下来，于是有了《可以在路上》，但这肯定不是唯一，请等我。

爱情需要上帝的提点，婚姻需要人类的经营。世界上从来没有一劳永逸，更不存在坐享其成，所谓“永恒”，需要的是人类不断学习探索的大智慧与高双Q来经营——特别是女人。

——新蜂女子车队掌门人李鹤

浮存于现实，跨上机车，生活在远方。

——版画艺术家徐宇

弱小的身躯却强足于浮世，宠辱不惊，淡然处之，华丽丽地做着自己。

——马贝儿（上排正中女子）

健身，机车，都是时下年轻人喜欢干的事儿，而恰巧这些你都沾了。澳洲共同骑行的经历历历在目，坚强、理性、不娇气是对于你这样一个女骑士作家最好的代名词！

——尼康 NPS 签约摄影师 lake

当爱情还没有来临的时候，那就先让自己足够健康、自信，你是你的你，不是谁的谁，把每天当成生命中的最后一天。

——中国民间无氧登顶马卡鲁第一人高小丹

婚姻也许是爱情的归宿，两灵魂碰撞产生的火花。生活有无数的可能，亦是美好亦是伤痛，当感情不夹杂任何利益，又有多少灵魂能携手走向这个归宿，直到生命尽头。

——NPC 健身比基尼冠军，美国兵器杂志封面女郎 LoveafterT

人生八苦，一笑云散。

——中国漂移第一人张少华

人生就像一场旅行，路上的风景和看风景的心情可能远比目的地要重要得多！王可以的在路上才是人生的真谛,但又有多少人能做到呢?

——中国汽车越野拉力赛总冠军、龙行天下车队掌门人陈峰